四季

서강홍 수필집

서강홍 수필집

인쇄 | 2021년 12월 20일
발행 | 2021년 12월 24일

글쓴이 | 서강홍
펴낸이 | 장호병
펴낸곳 | 북랜드
　　　　06252 서울 강남구 강남대로 320, 황화빌딩 1108호
　　　　41965 대구 중구 명륜로12길 64, 2층(남산동)
　　　　대표전화 (02)732-4574, (053)252-9114
　　　　팩시밀리 (02)734-4574, (053)252-9334
　　　　등록일 | 1999년 11월 11일
　　　　등록번호 | 제13-615호
　　　　홈페이지 | www.bookland.co.kr
　　　　이-메일 | bookland@hanmail.net

책임편집 | 김인옥
교　　열 | 배성숙 전은경

ISBN 979-11-92096-26-1 03810
ISBN 979-11-92096-27-8 05810 (E-book)

값 15,000원

* 이 책은 2021 경북문화재단 지역문화예술활성화지원사업에서
　사업비 일부를 지원받았습니다.
　　경상북도 GYEONGSANGBUK-DO　　경북문화재단

四季

서강홍 수필집

북랜드

그 겨울이 지나고

'그 겨울이 지나고 봄은 가고 또 봄은 가고 그 여름이 가면 더 세월이 간다. 아 그러나 그대는 내 님일세, 내 정성 다하여 고대하노라.' 노르웨이의 작곡가 그리이그Edvard Grieg 작품 '솔베이지 노래'의 첫 구절입니다. 입센의 극시에 곡을 붙인 이 노래는 아내 솔베이지가 오랜 세월을 두고 집 떠난 남편 페르킨트를 그리는 애절한 마음이 녹아 난 가사로 더욱 유명합니다.

우리들 삶이 곧 사계절을 노래한 솔베이지의 마음이 아닐까요. 씨 뿌리고 가꾸고 수확하고 보존하며 북풍 속에서 희망의 새봄을 기다립니다. 기다림 속에서 행복을 꿈꾸어 온 세월이 어느덧 80 고개를 눈앞에 두게 되었습니다. 지난 삶을 돌이켜 봅니다. 떳떳함보다는 부끄러움이, 만족함보다는 모자람이 앞서지만, 사계절의 그 어느 한순간도 삶의 소중함을 잊지 않고 고이 간직하며 살아왔습니다.

다시금 돌아보는 굽이굽이의 과정이 곧 내일을 위한 벅찬 기다림이요, 하늘을 향한 기나긴 기도였습니다. 그 세월 안고 틈틈이 써 온 졸작들을 감히 내어놓는 마음도 나날 속에서 가꾸어 온 꿈의 조각들이 애틋하기 때문입니다.

　　삶의 여정에서 인연을 함께한 님들의 은혜에 감사드립니다. 수필세계의 길을 열어주시고 등대가 되어주신 윤재천 교수님과 입문의 온실 청색시대 동인님, 글 벗이 되어주신 윤영대 회장님과 형산수필 동인님, 참삶을 일깨워주신 기청산식물원 이삼우 원장님과 심취회원님, 표지의 제자를 써 주신 서예가 향사 선생님께 감사드립니다. 부족한 부모요, 못 난 남편 믿고 따라준 가족에게도 감사하며, 졸작품을 좋은 책으로 꾸며주신 장호병 회장님과 북랜드 가족 여러분께도 감사의 인사를 드립니다.

2021년 12월

서 강 홍 배

| 차례 |

4 · 책머리에 그 겨울이 지나고

1부 봄

12 · 탄지 송가

17 · 7080, 만세

22 · 목련거사

31 · 봄바람

36 · 천사의 눈물

40 · 수필의 씨앗

45 · 눈

50 · 여백의 향기

55 · 무엇으로 사는가

60 · 한국사 유감

65 · 침묵의 차원

70 · 어머님 영전에

72 · 거울

2부 여름

74 · 반복철학

79 · 여름 주례사

84 · 안동역에서

89 · 산책 일기

95 · 열린 음악회

101 · 우남과 MB

106 · 여름

111 · 익명 찬가

115 · 용기와 절제

120 · 브랜드와 자존심

124 · 삼성 신화

129 · 일 보 후퇴

131 · 차라리 눈으로

3부 가을

134 · 의성 메아리

139 · 꿀사과

146 · 토종 만세

151 · 조사吊辭

157 · 손에 손잡고

162 · 서 일병 만담

168 · 니는 뭐 했노

173 · 발자국

177 · 행간의 오류들

182 · 지금

187 · 숨은 기도

192 · 자장암에서

193 · 그리운 사람들

4부 겨울

196 · 마지막 수업

201 · 밀대 담뱃대

207 · 빙점

212 · 연무鳶舞

217 · 운칠기삼

222 · 앉으나 서나

227 · 세 사람의 의미

231 · 행복헌장

236 · 나는 셋째

241 · 슬프게 하는 것들

246 · 효

252 · 잠

254 · 촛불

四
季

1
/
봄

탄지 송가

악성 베토벤의 최고 걸작으로 대개의 사람들은 서슴없이 교향곡 제9번 '합창'을 꼽는다. 그 4악장 중간에 나오는 실러의 시에 곡을 붙인 '환희의 송가'는 인류의 귀에 가장 감격적이고 친숙한 노래라고 할 수 있다. 교회 찬송가집에 실리는가 하면 서울 월드컵 축구단의 응원가로도 불렸다.

이 곡이 이처럼 빛을 발하는 이유는 처음으로 교향곡에 합창을 도입하였다는 기록과 그 선율의 숭고함에도 기인하지만 청각 장애라는 비극적인 운명을 개척한 한 인간의 투쟁 과정을 대변하는 의미를 담고 있기 때문이다.

탄지회彈池會, 이는 안동사범 제14회인 우리 동기회의 별칭이다. 6.25동란 직후인 5,60년대에 모교 교정 가장자리에 탄지라는 연못이 있었다. 전쟁 통에 포탄이 떨어진 자리에 만들어진 연못으로 탄지라는 이름이 붙여졌다. 연못 주위엔 해묵은 나무들이 그늘을 만들어 주었고 크고 작은 바위들이 운치 있게 자리하였다. 점심시간이나 방과 후엔 학생들의 휴식처였고 미술 시간에 즐겨 찾는 풍경화의 대상이기도 하였다. 우리 동기생에게 있어서 탄지는 아늑한 마음의 고향이요, 꿈의 산실이었다.

어렵던 시절에 수학하였던 감회 때문일까. 탄지회는 해를 거듭할수록 격정의 무대로 이어지고 노년에 들어서도 그 뜨거움은 식지를 않는다. 모두가 현직에서 물러나 야인이 된 이후 더욱 진솔한 추억들이 되살아난다. 캐고 난 밭머리에서 덤으로 당겨 나오는 고구마 줄기처럼 새삼스러운 우정의 열매들이 끝 모르고 튀어나온다.

금년은 졸업 50주년이며 대부분 동기생의 나이가 고희를 맞는 해여서 감회가 더욱 진하였다. 금년에는 대구 지역 대표인 김 군이 책임지고 행사를 주관하였다. 재학 중에나 졸업 후에나 무게 중심을 잃지 않던 모범생이었으니 그 진행

절차와 범절에 격조와 향기가 묻어난다.

행사장에 들어서니 모조 전지만큼 큰 흑백 사진 석 장이 우릴 맞이한다. 졸업 앨범을 확대한 것이었다. 세 학급 145명분의 단체 사진이 50년 전의 모습으로 옛 주인 앞에 자태를 드러낸다. 모두들 그 앞에서 나, 너, 그리고 우리의 옛 모습을 되찾고 감회에 젖어든다.

총무인 심 군의 사회로 개회식이 시작된다. 흥분을 가라앉히며 안내 방송에 귀 기울인다. 청송 심씨 양반다운 느릿느릿하지만 뼈골 든든한 그의 진행 시나리오에 빨려든다. 애국가에 뒤이어 유명을 달리한 동기들을 추모하는 묵념곡이 울린다. 잊고 있었던 얼굴들을 가슴으로 떠올린다. 미안하다, 친구야! 네 모습 잊고 지낸 날이 하 많아서 변명조차 나오지 않는구나. 이승과 저승의 거리가 이다지도 먼 것인가. 눈감으면 이어지는 저승길인 것을.

경과보고, 인사말에 뒤이어 케이크 커팅이 시작된다. 졸업 50주년과 고희를 기념하는 순서로 마련한 것 같다. 집행진의 빈틈없는 준비와 일사불란한 진행에 경의를 금할 수 없다. 참으로 우리 동기생들은 한 치의 허점을 모르는 인간들이다. 도대체 허술한 놈이 없다. 나 빼고는.

가끔 선배들로부터 듣는 평이 있다. '자네들 동기생은 참 특종이다'고. 근면 성실하여 교단에 기여한다든가 창의력을 계발하여 두각을 나타낸다든가 선배들을 제치고 요직을 차지한다든가 하는 별난 무대에는 항상 우리 동기생들의 이름이 거명되었다.

내가 생각해도 놀랍다. 그 어려운 올림픽에 출전하질 않나? 히말라야를 정복하질 않나. 우수 기업체 육성하여 산업훈장을 받질 않나. 장성의 반열에 올라 대군을 호령하지 않나. 교장, 교감, 교수, 장학관에다가 교육장, 연수원장으로 줄줄이 출세하였으며 우리나라 아동문학을 선도하는 정 군을 비롯하여 문단에 등록된 시인 작가가 수두룩하고 화가, 서예가에 이르기까지 그야말로 입신양명하여 부모에 효도하고 국가에 헌신하는 참 선비들이며 세상을 놀라게 하고 변화시키는 인재들이다.

작품은 작가의 생명이며 곧 삶이다. 작가는 무한한 사유와 예술적 동경을 통해 고뇌를 뛰어넘고 그 위에 기다리는 환희의 소리를 듣는다. 음악의 천재 베토벤은 고통이 끊이지 않는 고된 삶을 살았다. 그의 음악은 시련을 거쳐야만 환희에 이를 수 있다는 메시지를 전하고 있다. 우리 동기생들의 훌륭한 삶도 고난을 극복한 환희의 감격이리라.

　아름다운 진주는 진주조개의 눈물이라고 한다. 모래가 조개 속에서 진주로 태어나듯 눈물로 인내하는 자는 환희를 맞을 것이다. 가슴 뿌듯한 긍지를 되새기며 교가 제창을 한다. 한빛 밝은 이 나라 새 녘 복판에~ 음악 교사 출신인 김 군의 지휘에 맞추어 우리는 목청을 돋운다. 뒤이어 환희의 송가가 귓전을 울린다. 눈을 감는다. 그 소리 점점 크게 울려 퍼진다. (2013)

7080, 만세

　내 나이 어느새 70대가 되었다. 70대, 어떤 의미의 연령
대일까? 어린 시절을 회상해본다. 동네에서 가장 어른이 우
리 할머니였다. 어느 날 할머니께 여쭤보았다. "할머니 나이
가 얼마예요?" 할머니는 빙그레 웃으시며 "어른들께 얘기
할 때는 연세라 케야 된다."고 하시며 당신의 연세가 일흔둘
이라고 일러주셨다. 그 이후로 나의 뇌리에 일흔둘이라는
숫자는 상노인이 되는 기준점이 되었다. 그런데 내가 벌써
그 할머니의 연세를 훌쩍 뛰어넘어 80을 눈앞에 두고 있다.
　70, 80 우리 세대의 삶을 선대들의 삶과 대비하여 더듬어
본다. 일제 강점기에 태어나 6.25의 전란을 겪으면서 생명

의 안위조차 가늠하기 어려웠던 선대들의 고생에 비할 순 없지만, 전란 이후의 냉전 시대, 4.19, 5.16, 경제부흥, 민주화 과정 등을 겪어 온 우리 세대의 회한도 만만치 않다. 우리 세대가 겪어 온 지난 20세기는 역사 속에서 영원히 기억될 격동의 세월이었다.

가장 무겁게 다가오는 것이 군 생활이다. 정신적, 육체적으로 많은 고초를 겪었으나 이 땅의 아들로 태어나 소박하나마 나라 위해 한몫을 했다는 자부심을 지닌다. 이는 군 복무를 필한 이의 공통적 긍지일 것이다. 6.25의 포화 속에서 생명을 바친 우리 선대들의 의거에는 미치질 못하나 우리 세대가 걸어 온 군문의 역정도 꽤나 진한 의미를 지닌다.

나는 1965년도에 입대했다. 반세기도 더 지난 군 생활이지만 그때의 기억은 떠올릴 적마다 감회롭다. 그 당시의 가장 큰 이슈는 월남 전쟁이었다. 월남전은 국내는 물론 세계적 관심사였다. 월남전 참전용사의 무공은 세계사적 쾌거였다. 우리 용사들의 전투력과 승전보는 연일 지구촌을 달구었다. 해병부대인 청룡을 필두로 맹호, 백마, 비둘기 등의 육군이 참전하였고 공병 부대, 병원 등 후방을 지키는 대민 부대도 참가하였다.

나는 월남전에 참여하지는 못하였으나 그 전선을 늘 동경하였다. 기회 있는 대로 파병을 희망하였으나 전역할 때까지 그 뜻을 이루지 못하였다. 그러므로 월남 전선에 다녀온 동료들을 가까이하였고 그들과 의기만은 투합하였다.

월남전이 그토록 진한 의미를 지님은 그 전선이 대한 남아의 의기를 만방에 떨쳤다는 명예와 함께 우리나라의 경제적 발전에도 크게 기여하였다는 점이다.

6, 70년대 이 땅의 젊은이들의 생명이 담보된 또 하나의 거사가 있었으니 파독 광부와 간호사였다. 이들이 흘린 땀은 후일에 이루어진 우리 건설업자들의 중동 진출과 함께 오늘날 경제 대국으로 발돋움하는 토대를 이루었다. 이들의 공헌은 곧 피땀 흘려 나라를 살린 20세기의 산 역사이다.

해방을 전후로 태어난 오늘의 70, 80세대는 6.25의 포화 속에서 유·소년기를 보내고 냉전 시대에서 나라를 지키며 어려움 이기고 살아왔다. 당시의 우리나라는 전 국민의 7할이 농업에 종사하는 농경 국가였다. '미국은 집집마다 차가 한 대, 일본은 자전거 한 대, 우리는 지게가 한 대'라는 말이 일반적으로 통용되던 시절이었다. 재 넘어 읍내 학교 수십 리 길을 걸어서 다녔다. 하교 후엔 소 먹이고 풀 베며 집안

일을 거들고, 밤이면 석유 호롱불 밝혀 틈틈이 책을 읽었다. 운동화 신은 친구들을 부러워하며 검정 고무신에 의지하여 눈비 내리는 언덕길을 내달려야 했다.

공산 침략자로부터 나라를 지키자는 '우리의 맹세'를 소리쳐 외쳤고 경제발전과 민주화의 실현을 위해 학교에서 가정에서 직장에서 열심히 공부하고 일하며 끈기 있게 살아왔다. 이제 백발이 성성해진 연륜에 즈음하여 저만큼 흘러간 날들을 돌이켜 보며 이래서 세월의 흐름을 알았노라고 독백 몇 마디 늘어놓을 시점이 되었다.

나는 재주가 없고 용기도 없어서 월남도 못 가고, 독일도 중동도 가지 못했으나 그래도 직장에 충실하고 주어진 사명과 책임, 의무를 다하며 살아왔다. '우리는 민족중흥의 역사적 사명을 띠고 이 땅에 태어났다'로 시작하여 '줄기찬 노력으로 새 역사를 창조하자'로 끝맺는 국민교육헌장의 이념 구현에도 진력하였다.

우리 세대는 농경사회, 산업사회를 거쳐 드디어는 정보화 시대의 편리함과 풍요를 누리면서 살아가게 되었으니 좋은 세상 만들기 위해 죽도록 고생만 하고 돌아가신 선대에 비하면 복된 세대라 할 수 있다.

아직도 T셔츠만 입고는 선뜻 외출 나서기가 꺼려지는 우리 세대, 식사하셨느냐는 물음에 안 먹었으면서도 으레 먹었노라고 대답하는 우리 세대, 웬만한 거리는 걸어서 다님이 무방하다는 우리 세대, 믹스커피 맛이 제 입에 딱 맞는 우리 세대, 지난날 '우리 쌍화차 한 잔 더 하면 안 될까요?'라는 다방 레지의 주문을 뿌리칠 수 없었던 우리 세대, 오늘날 복잡한 지하철 경로석의 경쟁 대상인 우리 세대.

오늘을 사는 우리의 후진들이 뉘라서 선배들의 공헌을 외면할 수 있으랴. 뉘라서 역사 속에 흘려 온 우리들의 땀방울을 경시할 수 있으랴. 월남의 정글에서, 독일의 지하 광산에서, 열사의 나라 사막에서 피땀 흘려가며 이루어 온 오늘의 중흥을 어떻게 평가하랴. 황소같이 일하고 개미같이 모으며 소중한 내 나라를 옥같이 보존해 온 우리 세대의 사명감과 애국심을 고지식한 보수, 이해성 부족한 꼰대라고만 폄하할 수 있으랴.

선진국의 대열에 들어선 이제 선인들의 은혜에 감사하고 자손들의 복된 삶을 기원하며 웃음 속에 여생을 살아가자. 열심히 공부하며 가난을 물리치고 복된 나라 만들기에 혼신의 힘을 쏟은 70, 80 우리 세대 만세! (2021)

목련거사

목련거사木蓮居士. 금강산인金剛山人. 천구백팔십 년대에 같은 근무처에서 정분을 나누던 박 선배님이 내게 붙여 준 애칭이었다. 지난날 나는 우리 가곡 목련화를 즐겨 불렀고 그 노래에 같이 흥취해주던 친지들로부터 과분한 애칭까지 불렸던 행복한 추억을 간직하고 있다.

우리 가곡의 일번지라고 할 수 있는 목련화는 캠퍼스가 아름답기로 이름난 경희대학교에서 태어났다. 총장이신 조영식 박사께서 가사를 쓰고 음대 학장이신 김동진 선생께서 작곡하여 1974년도 개교기념일을 맞이하여 발표되었다. 게다가 본교에 재직하던 테너 엄정행 교수님의 목소리를 통하여 세상에 널리 알려지면서 많은 이들의 사랑을 받게 되었다.

나무에서 피는 연꽃 같다고 해서 붙여진 이름의 목련은 자목련, 백목련 등의 통칭이며 목련과의 낙엽, 활엽, 교목으로서 봄에 잎이 돋기 전 크고 향기가 진한 꽃을 피운다. 따뜻한 햇살을 머금고 부드러운 우윳빛의 뽀얀 속살을 활짝 드러내는 목련의 꽃말은 연모戀慕이다. 고 육영수 여사께서 생전에 그리도 목련을 좋아하셨다는 이야기가 있으며 그래서 국립묘지 그의 무덤에는 목련이 심어져있다고 한다.

'오, 내 사랑 목련화야 그대 내 사랑 목련화야'로 시작되는 이 노래는 우아한 자태의 목련을 추운 겨울 헤치고 온 봄의 길잡이, 새 시대의 선구자, 배달의 얼 등으로 비유함으로써 희망찬 상아탑을 상징하기도 하고 그 속에서 꿈을 키우는 젊은이의 미래를 축복하는 의미도 담고 있다. 또한 목련처럼 그윽한 향기를 지니며 값지게 살아가려는 인간의 꿈을 노래한다. 그 당시 우리 가곡을 수록한 테이프에는 으레 목련화가 첫머리에 실려 있어 틀기만 하면 엄정행 님의 윤기 넘치는 음성이 흘러나와 만인의 가슴으로 젖어 들었다.

기악은 일찍부터 공부해야 하지만 성악은 늦게 시작해도 되며 경우에 따라서는 삼, 사십대의 발성이 가장 좋다는 이야기도 있다. 나이 사십에 접어들면서 일말의 희망을 안고 본격적으로 레슨을 받기 위하여 찾은 이는 안동대학교에 출강하는 동갑내기 여자 교수 송 선생님이었다.

'음악은 시간 예술입니다. 그전에 잘했던 것도 소용없고 앞으로 잘할 것도 중요하지 않습니다. 하고자 하는 지금, 이 순간에 잘 해야 되는 것이 음악입니다.' 대면하기 바쁘게 내려진 송 선생님의 면도날 같은 선언이었다. 그날부터 일학년 학생이 되어 자세, 호흡, 구형, 발성법, 가창 요령, 성대관리 등 성악의 정석을 기초부터 공부하였고 그때의 교재가 바로 '목련화'였다.

최고 음이 A♭까지 올라가는 목련화는 처음부터 고음으로 시작되므로 바짝 긴장해야 하는 대곡이다. 또한 긴 악곡에다가 반주곡도 까다로워 음정 박자 할 것 없이 부담이 만만치 않았다.

고된 연습이 거듭되었다. 가혹하리만치 철저한 선생님의 주문에 따르느라 코가 열두 자로 빠지는 것 같았다. 훈련이 엄한 만큼 배려도 남달랐다. 내겐 당초에 약정했던 교습 일정을 파기하고 전천후로 지도해 주시는 한편 주문에 따르지 못할 때는 서슴없이 따가운 힐책을 가하였다. 고통과 보람, 성취감과 실망감이 수없이 교차되는 하루하루였다.

교습을 시작한 지 넉 달쯤 경과한 어느 날 경상북도교육청이 주최하는 교원 콩쿠르가 열렸다. 나는 목련화와 함께 오페라 마르타에서의 '꿈과 같이'라는 아리아를 가지고 출전하였다. 그간에 선생님이 일러 준 수칙을 명심하고 평소에 배운 대로 열심히 불렀더니 영예의 금상으로 입상되었다. 선생님의 놀라운 지도력과 기도의 덕분이었다.

콩쿠르에서의 입상은 곧 운명의 서막이기도 하였다. 그로부터 나는 금상 수상자라는 후광(?)을 업고 기회가 주어지는 대로 목련화를 독창해야 하는 팔자가 되었다. 선생님께 배운 기법을 반복 터득하여 한층 더 성숙된 발성이 되도록 노력하였고 우리 가곡 '그리운 금강산'을 추가로 익혀서 앙코르 곡으로 부르기도 했다. 각종 기념식장에서, 연수회에서, 동창회, 환영회, 송별회 등의 친목 행사, 관광버스, 심지어 노래방에서까지 목련화와 그리운 금강산은 축가의 명목으로 울려 나왔고 드디어는 그것이 나의 브랜드(?)로 자리하여 시쳇말로 전성기를 누린 팔십 년대였다.

가곡이 좋아 그저 흥얼거리던 내가 좋은 선생님 만나 단기간에 많은 것을 배우고 큰 대회에도 입상하였으니 대단한 행운이었다. 가곡 목련화는 새봄 맞아 피어나는 우아한 목련의 자태와 향기만큼 기품 있는 노래이기에 나의 어쭙잖은 연주력에도 듣는 이들이 공감하였다.

　그런데 돌이켜 보면 지난날 나는 사람들의 앙코르와 박수를 진정한 나의 몫인 줄 착각했었다. 솜씨보다는 노래가 좋아서, 발전의 여지가 엿보여서, 성의를 북돋워 주기 위해 의례적으로 외쳐댄 반응이라는 것을 눈치채기에는 많은 세월을 흘려보내야 했으니 참으로 철이 늦게 든 셈이다. 그러나 어쩌랴. 이미 많이도 노래를 불러버렸는데. 정년퇴임 식전에서도 이를 불렀으니. '그대처럼 순결하게 그대처럼 강인하게' 눈을 감고도, 술에 취해도 입만 벌리면 반사적으로 흘러나오는 목련화는 떼어질 수 없는 나의 노래요, 꿈이요, 추억이요, 숨결이다.

　관현악의 웅장한 반주에 맞추어 애창곡 목련화를 불러보고 싶었던 꿈을 나는 작년 가을에 이루었다. 정년퇴임 후에 입단한 포항색소폰오케스트라의 정기연주회에서 나의 애창곡을 발표하게 되었으니 나잇값을 챙겨 준 지휘자의 덕분이었다. 그 누가 공감을 해주거나 말거나 착각이거나 아니거나 수십 년간 고락을 함께했던 목련화를 그날 나는 목청껏 불렀다. 내 생애 다시 이런 무대가 주어질까 생각하면서 포항 KBS 홀이 떠나가도록….

'성악에서는 내 몸이 곧 악기입니다. 그러므로 신체의 관리를 철저히 하여 하시, 하처에서도 대응할 수 있는 심신의 준비가 필요합니다.' 눈을 감으면 목련화 가락과 함께 송 선생님의 카랑카랑한 목소리가 아련히 들려온다. 그분의 다그침 속에 숨은 삶의 철학을 다시금 되씹어 본다. 겸양의 자세로 준비하고 주어진 상황에 몰입하며 드디어는 온몸을 던져 최선의 경지를 구가하는 음악의 과정이 곧 삶의 모습이다.

그는 또 과장된 소리나 불필요한 장식음을 배제하고 정결한 소리만을 철저히 강조하였다. 복식호흡을 깊게 하고 노랫말에 맞는 바른 구형으로 발성해야 했다. '아'를 자칫 '으아'로 발음했다간 호된 지적을 피할 수 없었다. 마이크를 통하여 울려 나오는 소리는 진정한 나의 발성이 아님을 수시로 강조하였으니 올곧고 겸허한 태도에서 우러나오는 순수한 예술 혼과 허장성세를 뛰어넘는 삶의 교훈이기도 하였다.

목련화를 얘기하면서 빼놓을 수 없는 인물이 또 한 사람 있다. 반주를 해주던 제자 김동일 군이다. 초등학교 5학년 학생으로 발군의 피아노 실력을 가졌던 그는 그해에 내가 담임했던 학생이었다. 예쁘장한 소년이었던 그는 담임의 음악 공부 시간에 없어서는 안 될 큰 존재였다. 나와 공동 운명체로서 송 선생님의 애정 어린 지도에 순명했던 동반자요 매니저였다. 교수님의 주문에 충족지 못하는 담임 옆에서 노심초사했던 그를 잊을 수 없다. 콩쿠르 당일에 그는 빨간 양복 차림으로 참가자 중 가장 어리고 이례적인 반주자로서 관계관들의 이목을 끌었으니 금상으로 입상케 된 절반 이상의 점수를 그가 따주었을 것으로 짐작한다.

대인관계에서 신중을 기해야 하듯 성악에서는 호흡이 길어야 한다. 들이켠 숨을 깊이깊이 간직하였다가 조금씩 아주 조금씩 풀어서 한 가닥으로 길게 뿜어내야 맑고 청아한 소리가 생성된다. 배 속 깊은 곳에서 나오는 소리가 머리의 끝을 통과하여야 공명 되는 소리를 얻을 수 있다. 흥성부의 음은 두성으로, 두성부의 음은 흉성으로 소리 내고자 노력한다. 온몸이 곧 악기인 셈이다. 이를 위해 항상 준비해야 하니 음악은 곧 자연 속에서의 삶의 모습이다.

바람은 같은 노래를 부르지 않는다. 파도는 영원히 다른 물결을 일으킨다.

그렇게 반복하여 불렀으나 같은 소리 같은 느낌은 한 번도 없었다. 앞으로도 그럴 것이다. 부르고자 하는, 그리하여 진지하게 불렀던 그때 그 노래가 곧 최선이다. 대음희성大音希聲 대상무형大象無形. '가장 큰 소리는 들리지 않으며 가장 큰 형상은 형체가 없다.'는 도덕경에서의 말씀이 생각난다. 최선의 음악은 그렇게 하고자 노력하는 그 마음이다. 남의 가슴 울리려면 내 가슴은 더 뜨거워야 한다. 위대함Great보다 위대한 것은 나음Better이다.

앙코르가 반가워 수없이 불렀던 목련화. 순진무구했던 그 시절이 그립다. 부족한 노래에도 감동해 주었던 옛 동료들이 그립다. 목련거사라는 별호를 지어서 격려해 주시던 형님이 그립다. 지금은 이 세상에 계시지 않는 형님, 유별나게도 후진을 아껴주시던 형님의 명복을 빈다.

해마다 봄이 돌아오고 새봄 따라 목련은 피어나건만 한

번 떠난 그 님은 돌아오지 않는다. 님과 함께 거닐던 낙동강 둑길에도 새봄 따라 목련은 피어날 것이다. 오, 내 사랑 목련화야. 오래도록 좋은 성대 간직하며 목련을 애창할 수 있다면…. 내년 봄엔 낙동강 둑길을 찾아 추억을 끌어안고 그 옛날의 목련화를 마음껏 불러보련다. (2009)

봄바람

'산 위에서 부는 바람 시원한 바람/그 바람은 좋은 바람 고마운 바람/여름에 나무꾼이 나무를 할 때/이마에 흐른 땀을 씻어준대요/강가에서 부는 바람 서늘한 바람/그 바람도 좋은 바람 고마운 바람/사공이 배를 젓다 잠이 들어도/제 혼자 나룻배를 저어간대요'

어릴 때 많이 불렀던 '산바람, 강바람'이라는 노래다. 당시의 교과서에도 실렸던 이 노래는 소풍 행렬이 교문을 나서면 어느 학년, 어느 학반 할 것 없이 목청껏 불렀고 소풍 현장에서도 가장 많이 불렸던 노래로 기억된다.

추억 속의 이 노래를 떠올려보면 노랫말의 정겨운 내용처럼 따가운 햇살 속에서도 시원한 바람을 느꼈고, 쫓기는 행렬 중으로도 시원한 바람이 불어옴을 느낄 수 있었다. 아이들의 입을 통하여 정겨운 노래로 번져갈 때 그 바람은 이미 에너지로 변화하는 것이었다.

그렇다. 바람이 불어야 한다. 산바람이든 강바람이든, 따스한 바람이든 차가운 바람이든 바람이 불어야 한다. 그것이 고운 손길로 다가오든지 억센 발길로 다가오든지 우리네 삶이 이루어지는 데는 바람이 불어야 한다. 삶의 모습을 이루어가는 제1악장은 바람이다.

추억도 새로운 병영 생활의 모습들이 떠오른다. 신병으로 근무 부대에 착임했던 시점이 늦가을이었으니 가을이라기보다는 겨울의 문턱인 초겨울이었다. 가장 졸병의 신분으로 혹독한 추위의 한겨울을 견디어내야 했다.

졸병 생활이 시작되었다. 일찍 일어나 점호에 나간다. 겨울 새벽의 매서운 바람이 얼굴을 할퀸다. 어깨를 폈다 움츠렸다 해도, 팔을 앞뒤로 휘돌려도, 고개를 좌우로 흔들어도 바람은 여전히 차가움의 위력을 멈춤 없이 나를 짓이긴다.

아침 식사 후딱 때우며 졸병의 일과가 시작된다. 사역을 나간다. 사역은 최말단 사병의 임무다. 괭이와 삽으로 땅을 판다. 무거운 짐을 들어 옮긴다. 석탄 실은 리어카를 운반한다. 바람은 마냥 불어온다. 점호를 받는 연병장에서도 허리 굽혀 삽질하는 사역장에서도 졸병의 일과가 이루어지는 그 어느 곳에서도 바람은 병사를 위압한다.

바람은 곧 겨울이었다. 말단 졸병의 신분으로 '이 겨울을 어찌 이겨낼까?'라고 염려한 그 '어찌'가 곧 바람이었다.

어느 날 밤. 지루하던 야근을 끝내고 사무실 문을 막 나서려는 순간 옆 사무실 행정반의 가장 졸병인 송 일병이 손짓을 하며 건물 밖으로 불러냈다. 뭔가 긴한 메시지를 전하려는 것 같았다. 그의 손짓에 따라 재빨리 다가갔다. 그는 바람이 불어오는 동쪽을 향하여 팔을 들어 위로 벌리고 숨을 크게 들이켰다. 이유를 물어볼 필요 없이 자기의 동작을 따라 하라는 신호였다. 그를 따라 팔을 들어 올리는 순간 따스한 바람이 콧속으로 스며들었다. 다시금 팔을 벌려 크게 숨을 쉬는 순간 그 바람이 나의 온몸을 휘감고 따스한 기운을 불어넣었다.

순식간에 많은 사병들이 모여들었다. '야, 봄바람이구나!' '드디어 봄바람이….' 저마다 한 마디씩 감격의 소감을 쏟아놓았다. 그리고 누구의 입에서 먼저 나온 소린지 모르게 '아, 살았다!'라는 탄성도 흘러나왔다.

수십 년 세월이 흘러간 지금도 그날 밤의 훈훈한 봄바람의 감촉이 잊혀지지 않는다. 졸병들의 고생을 가엽게 여긴 봄의 화신의 손길이 아니고선 어찌 그런 장면을 맞이할 수 있었으랴. 물론 그동안의 여러 날을 찬 바람 안고 졸병 생활로 시달렸지만, 완연한 봄을 맞이하기엔 아직도 이른 시점이었기에 그날의 훈풍을 두고두고 잊을 수 없다.

가을이라 가을바람 솔솔 불어오니/푸른 잎은 붉은 치마 갈아입고서/남쪽 나라 찾아가는 제비 불러모아/봄이 오면 다시 오라 부탁하노라.

역시 어릴 때 자주 부르던 노래로 가을 소풍 때 주로 불렀던 것으로 기억한다. 봄이든 가을이든 바람이 불어야 한다. 삶의 모습을 이루어가는 제1악장인 바람. 우리의 삶의 장면에는 언제나 바람이 분다.

사람은 저마다의 가슴에 바람 주머니를 안고 다닌다. 그래서 어느 사람의 옆에 가면 온기 가득하고 어느 사람에게는 냉기를 느낀다. 나는 어떤 바람 주머니를 지녔을까?

미당 서정주 선생은 자신을 키운 건 8할이 바람이라고 하였다. 바람이 불어야 일이 된다. 봄바람이 불어야 처녀 총각 바람이 나고, 가을바람이 불어야 시인의 가슴에서 시가 터져나온다. 선거에서도 가장 중요한 요소가 바람이다. 아무리 출중한 인물이어도, 산을 옮길 만한 정책을 보유했어도, 현란한 홍보 전략을 갖추었어도 바람이 불어주지 않는 후보는 빛을 볼 수 없다.

바람은 곧 사람의 입이요, 눈이요, 귀이다. 향기로운 바람 주머니를 보유한 이는 사람들이 용하게 알아보고 그 방향으로 불어간다.

우리들 삶의 모습을, 삶의 무늬를 결정하는 바람아 부디 좋은 모습으로 불어 다오. 오늘도 내일도 두고두고 훈풍으로 불어 다오. 온정이 되어, 희망이 되어 세상에 고루 향기를 전해 다오. (2021)

천사의 눈물

손녀가 다니는 포항 S 어린이집. 아침저녁으로 그의 손을
잡고 드나드는 곳이다. 손녀를 데려다주고 데려오는 것이
나의 중요한 일과이기 때문이다.

'세상천지에 이런 낙원이 또 어디 있을까?' 일 년 남짓 어
린이집을 출입하면서 가져보는 절실한 마음이다. 거기는
꿈과 희망이 약동하고 관심과 사랑이 넘치며 평화와 안식
이 무르익는 곳이다.

일차적인 것을 해결치 못했던 지난날에는 예쁘고 참한 아
이가 드물었지만 요즘에는 못난 아이가 없다. 풍요한 환경
과 축복 속에 태어나 사랑을 듬뿍 받으며 자라기 때문이다.

아이들의 해맑은 웃음 속에 묻혀 사는 선생님들. 참으로 아름다운 사랑의 전도사다. 가정에서 받은 주체할 수 없는 분량의 사랑을 재생하여 아이들에게 골고루 배분하고 이성과 지혜를 깨우쳐 준다. 아이들은 그 선생님을 통하여 인의예지를 배우고 삶의 길을 익혀 인간으로서, 시민으로서의 자질을 함양케 된다.

집에서는 어리광만 부리던 녀석들이 용하게도 질서를 지킨다. 제 할 일을 알아서 척척 한다. 손을 깨끗이 씻는다. 가방과 외투를 제자리에 건다. 큰 소리로 씩씩하게 인사를 한다. 옆의 친구를 도와준다. 떠먹여도 손사래를 치던 밥숟갈인데 거기에서는 점심이고 간식이고 간에 남기는 법이 없으니 교육의 힘이 무서움을 실감한다.

오만 가지의 노래와 춤을 섭렵한다. 그리기, 접기, 오리기, 만들기, 꾸미기 등으로 이루어 놓은 파일이 몇 권이나 된다. 온갖 현장을 방문하여 체험활동을 한다. 계절 따라 다양한 행사를 한다. 심신의 건전한 성장을 도모하기 위함이다.

손녀의 교실은 삼층에 있다. 최상급반이기 때문이다. 계단을 따라 올라 교실 문 앞에 이르면 달려 나오는 선생님, 무릎을 꿇고 앉아 손녀를 끌어안는다. 아이와 키를 맞추기 위함이니 영혼의 교감이 시작되는 순간이다. 아이들에게 심신을 던져 배려를 아끼지 않는 선생님의 웃음 띤 그 얼굴이 곧 보살이요 천사가 아닐까. '어린아이의 마음이 되지 않고는 하늘나라에 이를 수 없다.'는 성경 구절을 되씹게 된다.

이런 평화가 영원히 지속될 수는 없을까. 아무래도 이 아이들이 학교에 가게 되면 다 인원에 대규모에 지금과 같은 최상의 교육 환경을 기대할 수 없으리라. 지극한 평화가 깨어질지도 모른다는 불안감이 마음 한구석에 자리한다.

"이렇게 사랑받다가 학교에 가면 어쩌지요?"

어느 날 손녀의 담임 선생님께 지나가는 말로 걱정을 했더니,

"그래요, 아까워서 어떻게 학교에 보내지요?"

진심 어린 아쉬움이다.

졸업식을 며칠 앞두고 기념행사가 열렸다. 전시회와 공연을 겸한 이른바 졸업 페스티벌이었다. 학부모들을 모아놓고 합창, 합주, 사물놀이, 무용, 연극 등 그간에 익힌 재롱을 털어놓았다. 박수와 환호, 웃음과 감격 속에 이어진 잔치는 차라리 숙연한 무대였다. 초등학교 입학을 앞둔 원아들의 소망과 다짐이 담긴 영상화면을 끝으로 공연의 막이 내리

고 담임 선생님의 작별 인사가 시작되자 선생님의 눈에서 이내 눈물이 흘러내렸다. 아이들도 따라서 엉엉 울었고 이를 본 학부모들의 눈에서도 뜨거운 눈물이 흘러내렸다.

근래에 매스컴의 눈길을 모았던 모 재벌 회사의 창고 속에 보관된 수십억대 그림의 제목이 '행복한 눈물'이었다. 그 그림이 왜 그렇게 비싼지, 어째서 행복한 눈물인지 모르지만 눈물 앞에서는 만인이 설렌다.

이난영 님의 애절한 목소리로 만인의 가슴을 적신 '목포의 눈물'은 우리 가요의 불멸의 고전이다. 유달산 기슭의 노래비에 새겨진 그 눈물은 살아있는 보석이라고 한다. 우리는 저마다의 가슴에 살아있는 보석을 지니고 있는 셈이다.

오늘은 어린 손녀의 가슴에도 온갖 세파를 겪은 나의 가슴에서도 영원히 잊을 수 없는 S 어린이집의 제2회 졸업식 날이다. 졸업식장에 들어서는 발길이 왜 이다지 설렐까? 지극한 사랑으로 아이들을 보살피는 천사들의 살아있는 보석, 그 눈물 때문일 것이다. (2008)

수필의 씨앗

    "붓글씨 공부의 3대 요소는 다간多看, 다서多書, 다작多作이
다." 서예 공부를 하고자 글방에 입문했을 때 처음 들은 이
야기다. 내 눈을 지그시 응시하며 힘주어 강조하던 왕철旺
哲 선생님의 말씀이 잊혀지지 않는다. 가르침을 얻고자 원거
리를 달려온 제자를 가상히 여기셨던 선생님의 일침이었으
리라

    다간多看이란 글자의 의미 그대로 많이 봐야 한다는 뜻이
다. 그냥 보는 것이 아니라 감상해야 한다는 의미로 명필이
나 다른 사람의 좋은 글씨를 많이 감상하여 쓰는 원리를 알
아본다는 뜻이다. 다서多書는 많이 임서臨書해야 한다는 뜻이

다. 글씨본(체본)을 검토, 이해하고 체본에서 받은 감각적인 기분을 그대로 살려서 많이 습작習作해야 한다는 것이다. 다작多作은 체본을 통해 익힌 것을 자기 나름대로 독립해서 쓰는 창작創作의 과정을 말함이다.

많이 보고, 익히고, 창작해야 뜻을 이룰 수 있다는 일련의 과정이 비단 서예뿐이랴. 이 과정은 예술이나 학문의 세계를 뛰어넘어 배움을 청하고 뜻을 이루려는 모든 분야의 인간으로서의 지켜져야 할 계명이요, 철칙일 것이다.

수필도 많이 보고, 익히고, 창작하는 세 과정을 거쳐서 삶의 모습과 세상의 흐름을 형상화한 예술의 한 분야다. 따라서 훌륭한 작품을 양산量産하기까지 많을 다 자多字의 철저하고 냉엄한 신세를 져야 하는 과업이다.

단테의 신곡, 밀턴의 실락원, 윤동주의 서시, 김소월의 진달래, 서정주의 국화 옆에서 등 작가와 작품이 동일시되는 대표작을 우리는 많이 보아왔다. 수필 세계의 현대사에서도 피천득의 인연, 윤재천의 구름 카페 등 이미 사전적인 반열에 오른 작품들을 보게 된다.

이렇듯 작가와 작품이 동일시되는 대표작, 사전적인 반열에 오른 작품들의 공통점은 무엇일까? 무엇보다도 감동적이라는 것이다. 감동도 단순 감동이 아니라 작가의 인간적 면모와 삶을 대변할 수 있는 무게를 지닌다는 것이다. 그러므로 일생일대의 대표작의 양산은 모든 작가의 염원이요 과제다.

감동은 수필의 생명이다. 생명력 있는 수필, 감동적인 수필은 어떤 기술과 과정을 거쳐 생산될까. "수필은 시처럼 써야 하고 소설은 수필처럼 써야 한다." 수필가이면서도 몇 권의 소설을 쓰신 S 선배님이 입버릇처럼 말씀하시던 지론이 '함축철학'이다.

밀알 하나가 땅에 떨어져 죽지 않으면 한 알 그대로 남고, 죽으면 많은 열매를 맺는다. 성경의 말씀이다. 작은 씨앗은 참으로 신기하다. 컴컴한 땅속에서 싹을 틔운다. 곧 새로운 생명이 태어난다. 새로운 모습의 생명의 탄생은 곧 신비와 조화요, 신의 선물이다. 새 생명이 태어날 때 표현하기 어려운 산고가 따르듯, 작은 씨앗이 땅속에서 새싹을 틔울 때 자기의 모습은 썩어 없어지듯 신의 선물인 생명은 곧 고통과 희생을 거쳐서 광명한 천지에 그 모습을 드러낸다.

군 생활을 거친 사람들은 대개 유격훈련 과정을 체험케 된다. 외줄 타고 오르는 과정이 있다. 외줄 타고 오르기 전에 조교는 쪼그려 뛰기라는 준비운동을 시킨다. 준비운동이라는 명목의 쪼그려 뛰기를 병사가 힘이 빠질 때까지 시킨 다음 외줄을 타고 오르라고 지시한다. 기진맥진한 병사가 젖 먹은 힘 다하여 외줄을 타고 올라가는데 10m 높이의 외줄에 9m까지 올랐다. 남은 1m를 오르려니 힘이 빠져 도저히 더 오를 수가 없다. 밑에 선 조교는 나머질 오르라고 명령한다. "올라!" "도저히 오를 수 없습니다." "못 오르면 죽여 버린다." 조교가 권총을 겨눈다. 힘을 써 보는 병사 "죽어도 오를 수 없습니다."

그때 '빵!' 하고 총소리가 울린다. 참 이상한 일이다. 죽어도 못 오른다던 병사가 어느새 남은 1m를 올라 외줄의 꼭대기에 앉아 있다.

이처럼 힘이 다 빠진 상태에서 이루어지는 기적 같은 이 힘을 우리는 제3의 힘이라고 한다. 보이지 않는 힘, 믿기지 않는 힘. 이른바 제3의 힘을 정의하면 정신력, 저력, 잠재력, 초자아 등으로 불리어지는 숨은 에너지다. 평소에 근육질로 단련된 사람, 평소에 말없이 실천하는 사람, 의지력이 강한 사람 등이 더 위력을 발휘한다는 보이지 않는 이 에너지는 수면 밑의 빙산의 크기가 수면 위의 빙산보다 더 크듯이 인간의 드러난 힘보다 훨씬 더 강하다고 한다.

　어두운 땅속에서 씨앗이 새싹을 틔우듯, 어머니가 산고를 겪으며 성스러운 생명을 출산하듯 한 작가를 대신하는 대표작은 어렵고 힘든 고통의 과정을 거쳐 양산되리라. 끊임없이 고뇌하고 창작하며 소중한 수필 세계를 가꾸어 나가자. 전자기기의 작은 칩 속에 수많은 정보가 들어있듯이 작은 씨앗 그 속에서 새로운 생명이 태어나듯이 작가의 삶의 모습과 가치관, 세계관이 녹아든 감동의 씨앗을 가꾸자.

(2016)

눈[眼]

"만약 내가 사흘간 볼 수 있다면 첫째 날엔 나를 가르쳐
준 설리반 선생님을 찾아가 그분의 얼굴을 바라보겠습니
다. 그리고 산으로 가서 아름다운 꽃과 빛나는 노을을 보고
싶습니다. 둘째 날엔 새벽에 일찍 일어나 먼동이 터 오는 모
습을 보고 싶습니다. 저녁에는 영롱하게 빛나는 하늘의 별
을 보겠습니다. 셋째 날엔 아침 일찍 큰길로 나가 부지런히
출근하는 사람들의 활기찬 표정을 보고 싶습니다. 점심때
는 아름다운 영화를 보고 저녁에는 화려한 네온사인과 쇼
윈도의 상품들을 구경하고 집에 돌아와 사흘간 눈을 뜨게
해 주신 하느님께 감사의 기도를 드리고 싶습니다."

20세기 대 기적의 주인공 헬렌켈러가 『3일 동안만 볼 수 있다면』이라는 책에서 쓴 글이다.

'눈이 보배'라고 한다. '우리 몸이 천 냥이면 눈이 칠백 냥이다'는 말도 있다. 눈의 소중함을 일컫는 말이다. 남녀가 서로 눈이 맞아 짝을 이루었다면 이는 어떤 눈을 이야기하는 것일까?

'보다See'는 의미를 지닌 한자로 볼 시視, 볼 견見, 볼 관觀 자 등이 있다. 볼 시視는 시각視覺, 시력視力 등으로 쓰이는 글자로 사물을 볼 수 있는 능력을 뜻함으로 감각을 나타내는 일차적 의미를 지닌다. 볼 견見 자는 견학見學, 견해見解, 견문見聞 등으로 쓰이는 글자로 사물을 보고 느끼고 생각하는 능력, 즉 시각에서 지각으로 발전하는 이차적 의미를 지닌다. 볼 관觀 자는 인생관人生觀, 종교관宗敎觀, 가치관價値觀 등의 어휘로 쓰인다. 단순히 보고 느끼는 차원을 넘어서는 글자이다. 시각과 지각을 동원하여 사물을 꿰뚫어 보고 판단하여 나름대로의 체계를 정립하는 삼차적 단계의 의미를 지닌다. 곧 개체가 지니는 안목이라고도 할 수 있다. 이에 따라 그 개체의 인격과 정체성이 결정지어진다고 할 수 있다.

대개의 사람들은 시각만으로 사람을 본다. 드러난 용모

이상을 감지하지 않으려 한다. 그 속에 간직된 보다 큰 무게를 헤아리기에 주저한다.

눈이 머리에 달린 사람도 있고 가슴에 달린 사람도 있다. 머리에 달린 눈은 시속에 밝고 가슴에 달린 눈은 감성에 밝다. 진정한 소통은 감성을 통하여 이루어진다. 지적, 정서적으로 조화된 혜안慧眼이 아쉬운 오늘이다.

동물학자들의 눈이 단순한 시각에 머문다면 동물들과의 대화가 이루어질까. 동물농장에 나오는 사람들을 보면 남다른 감성을 통해 동물과의 교감을 이룬다. 감자 싹을 내려고 땅속에 묻으면 눈의 수만큼 싹이 올라온다. 보이지도 않는 감자의 눈이 어두운 땅속에서 싹을 틔운 것이다. 사람도 마찬가지다. 보이지 않는 마음의 눈이 생명의 싹을 틔운다.

'사순 시기를 맞아 마음의 눈을 틔우자'던 신부님의 말씀이었다. 십자가. 시각적으로 보면 열 십 자의 형상에 지나지 않으나 가슴으로 꿰뚫어 보면 그 속에 흥건히 피가 고였음을 알게 된다. 어디 십자가뿐이겠는가. 꿰뚫어 보는 모든 사물엔 의미가 부여되어 있다던 김수환 추기경님의 말씀도 따라 생각난다.

안동에서 들은 이야기 한 토막이 있다. 지역에서 이름값을 하는 부호 한 분이 계셨다. 어느 젊은 부부가 그 어른의 건물에 전세를 한 칸 얻어 개업을 하였다. 언약을 받고 개업한 지 한 달이 지나도 계약서를 써 주지 않아 하루 저녁에 계약서를 받으러 갔다가 호통만 당하고 돌아왔다. '집세를 놓으면서 한 번도 문서를 써준 적 없으니 나를 그렇게 못 믿겠거든 당장 나가라'고 호통치더라는 것이었다. 보이는 글자보다 보이지 않는 마음이 더 귀함을 웅변으로 증명하는 순간이었다.

'보지 않고도 믿는 사람은 행복하다'는 성경 말씀이 새삼스럽다. 보이는 것만을 믿는 눈은 그지없이 얇은 눈이다. 빙산도 보이지 않은 부분이 훨씬 더 크다. 가시적인 것만 보려는 이에게는 빙산의 일각이 곧 빙산이다. 삶의 모습도, 성스러운 자연도, 인간의 아름다운 내면도, 소망, 원리 등 모든 흐름을 보이게 하는 것이 마음의 눈이다.

믿음은 모든 것을 보이게 한다. 존경하는 선생님 얼굴도, 경의의 대상이던 자연도, 동경하던 사람들의 활기찬 모습도, 아름다운 영화도, 상상력을 동반한 지상의 온갖 피조물도 마음의 눈만으로 보았던 헬렌켈러. 광명을 체험치 못한 생애를 하느님께 감사드리며 단 사흘간의 기적을 갈망하던 헬렌켈러의 마음의 눈을 생각해보자. '세상에서 가장 아름답고 소중한 것은 보이거나 만져지지 않는다. 오직 가슴으로만 느낄 수 있다'던 법정스님의 말씀이 다시금 떠오른다.

(2011)

여백의 향기

어느 날 친지들의 모임에서였다. 오랜만에 자리를 함께한 모 친구가 재미나는 이야기 하나 들려줄까 하더니 이야기 보따리를 슬슬 풀기 시작하였다. 꽤나 웃기는 내용이었다. 그런데 별로 흥이 일지 않고 좌중에 좀처럼 웃음꽃이 피어나지 않았다. 친구는 폭소가 쏟아지게 하려는 듯 잔뜩 신경을 쓰고 본인도 슬슬 웃어가면서 분위기를 자아냈지만 듣는 이들의 반응은 의외로 담담하였다. 그때 내 머리에 퍼뜩 떠오르는 생각이 있었다. 차라리 '재미나는 이야기'라는 말을 미리 하지 않았더라면…. '재미나는'이라고 주어진 전제가 이야기의 흥미를 반감해 버린 것이 아닐까.

재미있다는 판단은 듣는 이의 몫이다. 따라서 이야기하는 이가 미리 재미나는 이야기 운운함은 일종의 난센스다. 어쩌면 듣는 이의 판단을 가로챈 것이다. 말하는 이는 평범하게 이야기 하나 들려주겠다고 해야 한다. 듣는 이는 기대도 전제도 없는 상태에서 이야기를 들었을 때 키득하니 웃음보가 터지고 그 내용에 흥취하게 된다. 아무리 재미난 이야기라도 재미있다는 전제가 미리 주어지면 재미는 반감되어 천연적인 웃음을 자아내기 어렵다.

사물의 평가는 선입견이 배제된 제로베이스에서 출발해야 한다. 직장 후배 K가 어느 날 점심시간에 적당한 식당으로 안내하겠다며 동행할 의사를 물어왔다. 별다른 마음 없이 그를 따라간 식당의 해장국 맛은 참으로 일품이었다. 왜 진작 그렇게 좋은 식당이라고 소개하지 않았느냐는 나의 추궁에 웃으며 응수한 그의 답변이 더욱 이채로웠다. '맛의 판단은 먹는 이의 몫이니까요.' 만약 그 친구가 사전에 그 집의 해장국 맛이 끝내준다고 소개했더라도 그토록 진미를 느낄 수 있었을까? 맛의 판단은 맛이 좋다고 소리쳐 떠드는 이의 몫이 아니라 소리 없이 먹는 이의 몫이라는, 평소에 과묵하기만 했던 후배의 짧은 한마디가 오래도록 가슴에 남아있다.

만물에 음양의 조화가 있고 선후 좌우의 질서가 있듯이 우리들 삶에는 내 몫과 네 몫의 구분이 있다. 그것이 배열, 반복, 교환, 교차하면서 삶의 모습을 이루어간다. 보이지 않는 이러한 현상이 질서 있고 조화로울 때 아름답고 바람직한 삶이 이루어진다.

남의 몫을 가로채는 사람이 있는가 하면 내 몫을 남에게 떠넘기는 사람도 있다. 남의 몫까지 떠맡은 사람이 있는가 하면 내 몫의 많은 부분을 남에게 빼앗긴 사람도 있다. 이처럼 다양한 세상사의 모습에서 스스로는 어떤 유형에 속하는가를 한 번쯤 새겨 볼 일이다.

등산길에 눈길을 끄는 현수막이 있었다. '효는 백행지 근본' '우리 모두 효도합시다' '전국효도협회 ○○지부' 라고 삼행으로 쓰여진 현수막이었다. 이를 볼 때마다 밑의 두 행은 필요 없다는 생각을 많이 하였다. 남의 몫을 가로챈 내용이기 때문이었다.

꼭 현수막을 붙이고 싶다면 '효는 백행지 근본'이라는 구절만으로 족하다. 효도를 해야겠다는 의지와 다짐은 그 글을 읽는 이들의 몫이다. 효도하자는 말까지 내가 다 해버리면 그 고전 경구를 보는 사람은 무엇을 깨닫고 무엇을 다짐하란 말인가.

삼행의 전국효도협회라는 단체는 더욱 필요 없는 존재다. 효는 누구나가 지켜야 할 도리요 일상사이다. 제 부모에게 효를 행함에 왜 협회가 필요한가? 효도협회가 필요하다면 식사협회도 있어야 하고 숨쉬기협회도 있어야 한다.

여백은 많은 것을 포기하는 것처럼 보이지만 많은 것을 확보한다. 많은 것을 내어주는 여백, 많은 것을 포용하는 여백은 많은 에너지를 발산한다. 아무리 훌륭한 필치라도 여백을 두지 않은 그림은 짜증을 유발한다. 보는 이의 몫을 허용치 않기 때문이며 여백의 향기를 빼앗아가기 때문이다.

동양화의 기품은 넉넉한 여백에 있다. 서양화에서도 하늘, 땅, 먼 산 등의 배색은 동일하거나 유사한 색상, 연한 색으로 채색하며 여유 있게 공간을 두니 곧 보는 이의 상상의 세계를 남겨두기 위함이다.

여백의 묘미를 잃을 때 작품의 품격은 떨어진다. 쉼표 없는 음악이 있는가. 간주 없는 음악이 있는가. 인간관계도 마찬가지다. 남의 몫을 배려치 않음은 여백이 없는 그림과 같고 간주 없는 음악과 같다.

상대를 위하여 여백을 제공하는 배려가 곧 대화의 기법이다. 인내를 가지고 피상담자의 말을 끝까지 들어주는 것이 상담의 기본 기법이며 짧은 언급으로 긴 논의를 이끌어내는 이가 가장 유능한 사회자이다.

내 몫을 정갈하게 관리하고 상대의 몫을 정중히 그리고 충분히 비워두어야 한다. 삼류가수는 제 노래에 울고 이류가수는 관객과 함께 울며 일류가수는 관객만이 운다.

(2010)

무엇으로 사는가

어느 삼부자가 등산길에서 당한 일이었다. 높은 산 굽이를 오르던 형이 실족하여 병원에 후송되었다. 다행히 생명은 건졌으나 큰 수술을 해야만 했고 그 수술을 위하여 수혈이 꼭 필요하였다. 그런데 가족 중에서 환자와 혈액이 같은 사람은 동생뿐이었다.

아버지는 나이 어린 동생에게 형을 위하여 채혈할 용의가 있느냐고 물었다. 동생은 한참의 깊은 생각 끝에 각오가 되었다고 하였다. 동생의 혈액을 선사 받은 형은 성공적인 수술을 마치고 회복을 기다리게 되었다.

그런데 형의 회생을 확인한 동생이 걱정스러운 얼굴로 아버지께 물었다. "아빠, 나는 언제 죽나요?" 그 순간 아버지의 뇌리에 채혈을 결심하기까지 고뇌에 잠겨있던 동생의 표정이 떠올랐다. 생사를 초월한 양 먼 하늘을 바라보던 우수 어린 눈빛도 떠올랐다. 동생은 형에게 피를 주고 나면 자기는 죽는 줄 알았던 것이다. 그리하여 자신의 죽음으로 형을 살리고자 하는 결심을 그렇게 골똘하고 단호하게 한 것이었다.

가족이란 무엇인가. 혈육의 정이란 어떤 것인가. 타이타닉 영화의 장면이 떠오른다. 남편이 아내에게, 아버지가 아들에게, 구명조끼를 양보하고 출렁이는 파도 속으로 사라져가던 뭇 생명의 성스러운 눈빛이 떠오른다. 죽음 앞에서도 태연할 수 있었던 그들의 표정이 곧 가족이라는, 혈육이라는 성스런 인간관계가 아닐까.

요즈음 막장드라마 같은 이성 관계와 편향된 가족 관념은 우리들을 놀라게 한다. 부모 또래 이성과의 부부관계, 가정의 구성을 포기한 계약 결혼 등을 보면 참인간의 가치로운 모습이 어떤 것인가 하는 명제를 되씹게 된다. 지구촌 속에서 사람과 사람, 생명과 생명의 관계를 맺고 생존해야 할 우리들은 어떤 마음으로, 어떻게 살아야 할까를 고뇌하게 된다.

20세기를 대표하는 지성이라고 일컫는 장 폴 사르트르와 시몬 드 보봐르는 대표적인 계약 결혼자이다. 일부일처제가 인간을 얽매는 사슬로 여긴 그들은 상식적으로 수긍하기 어려운 실험을 실천해보고자 하였으며 처음에 정했던 2년 동안의 그 관계는 무려 51년간이나 지속되었다. 당시 사회 구조로 볼 때 상상도 할 수 없는 새로운 부부의 모습이었다.

유형은 다르지만 두 사람보다 훨씬 전 우리나라에도 계약 결혼을 실천했던 사람이 있다. 조선 중기 송도의 명기였던 황진이다. 재색을 겸비했던 그녀가 만들어낸 다방면의 간판급 스캔들이 헤아릴 수 없이 많았다. 나이 열다섯에 이웃마을 선비를 상사병에 걸려 죽음으로 내몰았고, 30년간의 면벽 수도로 거의 생불 수준인 지족선사를 파계시켰다. 당대의 대학자 벽계수 서경덕과 깊은 정을 나누었으며, 일생을 통해 그녀가 유일하게 사랑했다던 소세양 등 헤아릴 수 없이 많은 남자들과의 관계가 화려했던 여인 황진이는 선전관 이사종과는 6년간의 계약 동거 끝에 헤어졌다.

사람은 무엇으로 사는가. '하루를 살더라도 이러한 모습

으로' '목숨보다 소중한 가치의 실현을 위하여'라는 자부와
공감을 끌어낼 수 있는 최선의 삶은 어떤 모습일까.

어차피 한번 흘러가는 인생인데 틀에 얽매임 없이, 자아
의 흥취대로 마음껏 살아가는 것도 나름대로의 의미가 있
으리라. 그러나 가정도 없이 살았던 사르트르 커플이나 황
진이의 삶이 흔히들 생각하듯 그렇게 멋지고 아름다웠을
까? 남들이 부러워할 만큼 가슴 뿌듯한 행복이었을까?

행복은 땀방울 속에 스며있다. 무엇을 얻으려고 쏟아내는
노력, 그것을 이루었을 때의 짜릿함, 이루지 못했을 때의 허
망함, 다시금 일어서는 결연함, 최후의 승자로서 누려보는
환희 등 피눈물 속에서 행복의 꽃이 피어난다. 그것이 삶의
과정이며 삶의 모습이다. 눈물 없는 행복이 어찌 가당하랴.
얽매임 없이, 하고 싶은 대로 흘려버린 삶에 어찌 행복이라
는 성스런 명제를 대입시킬 수 있으랴.

"인생은 전율하면서 살아간다." 만고의 역작 '생각하는 사
람'을 생산한 조각가 로댕의 이야기다. 그렇다. 울고 웃고
떠들며, 잃고 헤매고 허덕이며, 얻고 소리치고 뒹구는 삶.
슬픔과 기쁨이 뒤범벅된 전율 속에 행복은 숨어있다. 가족
은 그 눈물의 중심에서 눈물과 함께 살아가는, 눈물 어린 최

선의 관계다.

충, 효, 신, 의 등 인간은 가치관 속에서 살아간다. 나라를 위해 장렬하게 목숨을 던졌던 위인들의 행적이 그것이요, 가족을 위하여 희생의 땀방울을 흘렸던 이 땅의 아버지, 어머니들의 가르침이 그것이다. 이웃을 위해 내 몸을 바친다면 이에서 더한 사랑이 없나니~ 성경의 가르침이요, 그 가르침으로 사는 사람은 죽음으로써 다시 살아난다.

자신보다 소중한 가족, 생명보다 소중한 가치, 그 가치의 실현을 위해 마다않는 희생, 이는 곧 인간으로서의 아름답고 훌륭한 생애를 보내고자 하는 인간관계의 최선의 꽃이다. (2018)

한국사 유감

오래전에 들은 옛날이야기 한 토막이 생각난다.

건망증이 꽤 심한 서생이 살았다. 어느 날 의관을 정제하고 행장을 챙겨 원행 길을 나섰다. 걸어가면서 혼자서 자꾸만 중얼거렸다. "어이쿠, 내 담뱃대 어디 갔노?" "아, 여기 있네." 팔을 앞뒤로 크게 흔들며 딴에는 점잖은 걸음걸이로 걷다 보니 팔이 뒤로 갈 때 보이지 않던 담뱃대가 팔이 앞으로 올 때엔 보였기 때문이었다.

한참 걷다가 똥이 마려워 나무 밑에 앉아 일을 보게 되었다. 양반이 갓을 쓰고 일을 볼 수 있으랴. 갓을 벗어 머리에 닿을 나뭇가지에 걸어 두었다. 스스로도 잘 잊어먹는다는 것쯤은 알고 있었기 때문이었다. 볼일을 시원하게 마치고 일어서니 갓이 머리에 닿았다. "어이쿠 횡재했네, 웬 갓이 여기에 있었나?" 갓 하나 주웠다고 좋아하다가 똥을 밟았다. 화들짝 놀라며 하는 말 "웬 눔이 여기에 똥을 싸 놓았노?"

날이 저물자 객주에 들어 웬 스님과 한방에서 자게 되었다. 스님이 서생의 언행을 보니 한참 모자라는지라 골려 주고 싶은 충동이 일었다. 그래서 서생이 잠든 틈에 머리를 빡빡 깎은 다음 옷을 바꿔 입고 달아나버렸다. 이튿날 아침 자기의 이상한 행색에 놀라 어리둥절해진 서생의 하는 말 "중은 여기 있는데 나는 어디 갔노?"

요즈음 한국사가 논란의 중심에 서 있다. 나는 그 내용에 대하여 논란을 제기하기에 앞서 '한국사'라는 용어 자체에 의문을 지니며 그 오류를 지적하고자 한다.

'한국사'라는 말을 들을 때마다 앞서 소개한 옛날이야기가 생각난다. 남과 자신을 구별하지 못하는 모자란 서생이 연상된다. 남이 나를 중이라고 하니 나도 나를 중으로 여기는가. 한국사란 외래인이 우리 역사를 일컬을 때 하는 말이다. 남이 한국사라 한다고 우리 스스로도 한국사라 해서 될 일인가.

우리 역사는 그냥 국사지 한국사가 아니다. 태극기는 국기요 애국가는 국가요 무궁화는 국화다. 우리의 전통음악은 국악이요, 바둑의 달인은 국수다. 우리 스스로는 이 나라의 국민이지 한국인이 아니다. 한국인이란 다른 사람들이 우리를 지칭할 때 하는 말이다. 예전에는 과목 이름도 국사였고 교과서도 그냥 국사라고 쓰인 국사책이었다. 우리는 그 국사책으로 자랑스러운 우리 역사를 공부하였다. 어떻게 국사가 한국사로 둔갑하였는지 웃음이 날 지경이다.

우리에게 있어 나랏말은 우리말이요 국어다. 한국말이라 함은 곧 외국인이 우리 국어를 지칭할 때 하는 말이다. 그러므로 외국인과 이야기할 때도 '한국말을 할 줄 아십니까?'가 아니라 '우리 말을 할 줄 아십니까?'라고 해야 한다.

세상의 중심은 나 자신이다. 말도 나를 중심으로 이루어진다. 나의 아버지는 그냥 아버지며 아버지라 부른다. 나의 아버지를 호칭할 때 내 이름을 앞에 붙여서 누구 아버지라고 한다면 얼마나 우스운 일인가. 내가 '학교에 간다'라고 하면 응당 내가 재학하고 있는 학교를 말하고 내가 '회사에 간다'라고 한다면 응당 내가 재직하고 있는 회사를 일컫는다. 남의 학교, 남의 회사를 말할 때 ~학교, ~회사라고 한다.

뉴욕타임즈, 시카고트리뷴은 미국을 대표하는 신문이며 그 이름만으로도 미국 신문이라는 것을 알 수 있다. 아사이 신문은 일본을, 르몽드는 프랑스를 대표하는 신문이다. 그런데 영국에는 '더타임즈THE TIMES'라는 신문이 있다. 신문 이름을 그냥 '신문'이라고 하였으니 스스로를 세계의 중심 으로 자처하는 영국민다운 이름이다.

스스로를 천하의 중심으로 여기는 중국인의 자존심은 중 국中國이라는 국명에서부터 찾을 수 있다. 자기들을 중심으 로 동서남북 주변의 모든 나라를 오랑캐로 간주하였다. 그 들에게 있어 황제라고 하면 곧 자국의 황제요, 문자라고 하 면 곧 한자를 일컬었고 경성이라고 하면 곧 자국의 도읍지 를 일컬었다.

미국 국기는 성조기, 영국 국기는 유니언 잭, 일본 국기는 히노마루 등 각자 고유명사를 지니며 자국의 국기임을 상 징한다. 곧 태극기는 우리 국기의 고유명사이다.

우리 어릴 적엔 국산품이라면 불량품의 대명사였다. 산업 발전과 국력 성장의 기적을 창출한 지금은 아니다. 세계 시장을 석권한 우리 제품이 세계 초일류의 상품이다. '메이드 인 코리아'라는 상표는 곧 세계 최고임을 입증하는 권위가 되었다. 그뿐이랴? 우리가 보유한 고유문화는 우리의 훌륭함을 자랑하는 귀중한 유산이다. 상대적으로 중국을 보라. 중국 제품이나 중국 산물을 취하지 않는 조건이 상류층으로 구분되는 세계적 기준점이 되고 있다.

독립전쟁은 미국사의 자랑이고 신해혁명은 중국사의 자랑이다. 삼국통일의 위업, 금속활자의 발명, 한글 창제, 대한민국 정부 수립, 새마을 운동 등은 세상에 자랑할 우리 역사다.

한때 동양화로 불리었던 우리의 전통 회화를 아직도 국화가 아닌 한국화로 지칭하고 있다. 한국화를 국화로 명명하자는 주장이 끊임없이 제기되고 있다. 지극히 타당한 일이다.

엄연히 국사였던 우리 역사를 난데없이 한국사라 칭하고 있다. 애달픈 일이다. 부끄러운 오류를 시급히 바로 잡아야 한다. 우리 스스로가 주인공임을 확인하고 자랑스러운 역사와 아름다운 문화를 계승, 발전시켜 나가야 한다. (2014)

침묵의 차원

어느 신부님의 독백이 생각난다. '예수 믿읍시다'고 쓴 어깨띠를 두르고 피켓을 들고 전교를 한답시고 온 시가지를 싸돌아다녔다. 심신의 피로에 지쳐 숙소로 돌아오니 허탈감이 몰려왔다. '이게 뭐 하는 짓인가? 평소에 주위 사람들을 감화시켰다면 이런 호들갑이 왜 필요한가?'

전교는 신앙인의 지극한 사명이다. 신앙을 가진 이들은 저마다의 노하우를 동원하여 전교에 열성을 바친다. 그럼으로써 신앙인으로서의 보람을 찾고 도리에 충실했다는 자신감과 마음의 평안을 찾는다. 아울러 이를 통하여 새로이 신앙을 얻게 되는 신자로부터 감사의 은혜를 받게 된다.

신앙인으로서의 사명감에 충실하기 위한 전교가 지나치면 극성에 이르게 된다. 따라서 극성에 시달리는 비신자의 넋두리도 만만찮다. 진드기처럼 물고 늘어지는 권유가 지겹다거나, 볼 때마다 늘어놓는 그 소리에 머리가 질린다는 정도는 그래도 호의적인 편이다. 그렇게 좋으면 자기나 믿지, 라든가 그런 사람 미워서도 거길 가지 않겠다는 넋두리도 수월케 들을 수 있다.

전교는 진드기 같은 권유나 요란한 이벤트로 이루어질 만큼 용이한 과업이 아니다. 듣는 이의 회의와 염증에 아랑곳없이 말하는 이만의 신바람으로 이루어지는 과업이 아니다. 공산 명월인 양 지껄이지만 흑싸리 껍질로 받아들여지는 난센스다. 그러기에 눈물겨운 저항을 감내하면서 사명에 충실하고 소기의 결실을 거두는 신앙인들이야말로 경의의 대상이 아닐 수 없다.

천상의 말을 하는 사람도 사랑 없으면 소용이 없고 심오한 진리 깨달은 자도 사랑이 없다면 바지저고리에 지나지 않는 것이 종교의 본질이다. 세인의 준거가 될 만큼 진실된 마음과 성실한 태도, 입으로가 아닌 행동으로 보여주는 것이 보다 높은 차원의 전교이다. 곧 어깨띠를 두르고 시가지를 싸돌아다닌 전교로 허탈감을 느낀 어느 신부님의 절실한 독백의 시사점이다.

남을 감동시킴이 얼마나 어려운 일인가. 남을 울리려면 내 가슴은 수없이 울어야 한다. 김수환 추기경께서도 사랑이 머리에서 가슴으로 내려오는 데 칠십 년이 걸렸다고 하셨다.

유창한 말은 일시적으로 사람의 마음을 흔들 수는 있지만 심층을 파고들지는 못한다. 그러나 진실된 눌변은 한 턱만 넘으면 가슴을 울린다.

사람들은 말만 잘하면 모든 게 이루어진다고 생각한다. 선거철이 되면 더욱 그렇다. 청산유수 같은 말꾼을 앞세워 돌아친다. 말 잘하는 그 눕이 표를 얻는지 잃고 다니는지 모르면서, 혀끝의 도끼에 제 발등 찍히는 줄 모르면서 남의 집 서까래를 뽑으려고 발버둥 친다. 그러니 후보자보다도 운동원이 미워서 돌아서는 경우가 많다.

종교계라고 이런 기류가 작용치 말라는 법도 없다. 그런 사람 때문에 거기 가기 싫다는 이른바 그런 사람이 많다. 그래도 그런 사람들 장본인은 그런 사람인 줄 모른다. 오히려 자아 도취하여 선택받은 인물인 줄 안다. 그런 사람이 자기의 소속 집단에 유익할 수 있는 길은 무엇일까. 침묵이다.

침묵. 그것은 고차원의 언어이다. 성숙된 사색 없이는 구사하기 어려운 능력이요, 오랜 기도와 눈물 어린 수행 없이는 구사하기 힘든 여정이다.

입에서 나온다고 다 말이 아니다. 말과 소음은 다르다. '침묵을 배경 삼지 않은 말은 소음이나 다를 게 없다. 생각 없이 불쑥불쑥 내뱉은 말을 주워보면 말과 소음의 한계를 알 수 있다. 오늘날 많은 사람들의 입에서 토해지는 말씨가 거칠고, 천박하고, 야비해져 가는 현상은 그만큼 내면이 헐벗고 있다는 증거이며 안으로 침묵의 조명을 받지 않고 있기 때문이다.'라고 법정 스님께서는 말씀하셨다. 또한 현대인의 피부적이고 일방적이며 자기중심적인 표현을 질타하면서 여러 가지 지식에서 추출된 진리에 대한 신념이 일상화되지 않고서는 지식 본래의 기능을 다할 수 없다고 지적하셨다.

오랜 신앙생활을 통하여 해박한 지식 이론을 보유한 이들이 많지만 전교에 한계성을 가짐은 태도적 측면의 취약함 때문이다. 자기가 신봉하는 종교만이 유일한 것이고 타종교는 일고의 가치도 없다는 착각은 이교도나 비신자의 적대심을 유발할 뿐이다. 이러한 태도가 비교적 자기 신앙이 깊고 그 세계에서 비중이 있는 사람일수록 농후한 경향이 있다.

모든 오해는 이해 이전의 상태이다. 우렁찬 연설문이 사람 낚는 명약은 아니다. 말보다 향기에 취하게 해야 한다. 떨리듯 속삭이듯 눌변이지만 진실이 담긴 대화에서 향기를 느낀다. 곧 이론보다 실제의 모습, 인지적 측면보다 태도적 측면이 보다 중요하다.

침묵은 실천이 뒷받침된 언어다. 침묵은 말의 뿌리요 울림이다. 침묵은 말의 다짐이요 확인이며 되새김이다. 침묵은 오직 참말만을 하기 위한 여과 과정이다. 언어의 극치는 말보다도 침묵 속에 있다. (2010)

어머님 영전에

저희에게 생명을 주신 어머니
당신의 은혜에 감사드립니다.
우리 남매, 우리 가족, 자손들의 혈연을 맺어주시고
혈육의 정을 뜨거이 이어 주신 은혜에 감읍하옵니다.
이 세상에서 생명체요 가족으로서의 아름다운 인연을 기리며
가치롭고 보람 있는 삶을 영위토록 인도해 주신
크신 사랑에 깊이 감사드립니다.

사랑하는 어머니
이승에 계실 때 효도하지 못하였음을 사죄드립니다.
저희들의 못다 한 불효를 용서하여 주시기 바라며
당신께서 거하시는 그 곳이
주님께서 인도하신
새 소리 그윽한 푸른 풀밭
사시사철 잔잔한 물가이기를 소망하고 기원합니다.

눈을 감으면
생전에 부르시던 청아한 가락들이
바람 타고 귓가에 사무칩니다.
다독이며 일깨우던 교훈들이
알알이 가슴을 파고듭니다.
당신을 그리며 남기신 뜻 새기어
열심히, 그리고 아름답게 살겠습니다.

해마다 돌아오는
당신께서 떠나신 날을 맞이하여
불초 자손들은 다시금 경건한 마음으로 비옵니다.
바라옵건대
이승에서의 고난과 번뇌를 모두 잊으시고
은총과 자애 넘치는 주님의 따뜻한 품 안에서
영원한 평화를, 영원한 안식을 누리소서.

거울

새침떼기 새댁에게
살짝 물었다

'신혼생활 재미있나?'
'별로요!'
'왜 그렇지?'
'그인 재미없는 사람이잖아요?'
'니는 재미있는 사람이가?'
'아니오!'

새댁의 볼이
방그레 달아올랐다.
행복이 피어올랐다.

四季

2 / 여름

반복철학

    포항색소폰오케스트라. 내가 퇴직하던 해에 결성된 아마추어연주단이다. 지역의 동호인들이 모여 당시 한국음협포항지부장이었던 김 선생님을 지휘자로 모시고 조직하였다.

    발명가의 이름을 따서 명명된 색소폰은 케니지라는 연주가의 간드러진 음률과 클린턴 전임 미 대통령의 연주 장면으로 선풍을 일으키기도 했지만 1인 1악기 연주가 현대인의 필수 교양과목인 양 여겨지는 추세에 따라 더욱 보편화되었고 나 역시 퇴임에 발맞추어 그 유행을 따르게 되었다.

    나는 이 연주단의 단장으로 추대되었다. 연주를 잘해서는 물론 아니다. 회원들 중 나이가 가장 많아서였다. 또한 퇴임 공직자로서 비교적 많은 시간을 낼 수 있다는 조건으로 부여된 직책이었다. 지난해 정초에 신수를 보았을 때 승진 운이 나오길래 퇴임 후에 무슨 승진이냐며 웃었던 일이 연상되었다.

우리 단원은 삼십대 아가씨부터 육십대 할아버지에 이르는 연령층에다가 의사, 교사, 운전사, 회사원, 가정주부 등 인적 구성도 다양하였지만 사십여 회원이 한마음 되어 산뜻하게 출범하였다.

소프라노, 알토, 테너, 바리톤 등 네 종류의 색소폰에다가 건반 악기와 심벌즈, 드럼 등의 타악기, 그리고 현악기로서는 기타를 곁들여 훌륭한 합주곡을 생산해내는 지휘자의 묘술에 의하여 연주단은 날로 발전하였다.

장내엔 일제히 불이 꺼진다. 밝은 무대 위. 빠라빠아, 찌리찌이, 쿠우웅, 차르르… 악기마다 지닌 독특한 음색이 요란하게 쏟아진다. 연주회의 결의를 다지는 신호음이다. 잠시의 불협화음이 끝을 맺는다. 지휘자가 등장한다. 객석을 향하여 정중히 인사한다. 박수 소리 멈추자 장내는 적막에 싸인다. 지휘봉을 치켜든다. 모든 이의 신경이 그의 손끝에 멈추어 선다. 드디어 지휘자의 팔이 움직이고 아름다운 선율이 흘러나온다.

한 송이 국화꽃을 피우기 위해 봄부터 소쩍새는 슬피 울어야 했다. 무서운 천둥과 모진 비바람을 감내하였다. 산들바람 물결치는 가을을 맞아 드디어 꽃을 피우는 국화. 고뇌의 울음 멈추고 햇살 가득 피어나는 꽃잎에서 눈물 자국을 찾을 수 없듯이 연주자의 손끝에서 울려 퍼지는 하모니는 그저 아름답고 평화롭기만 하다. 그것이 고난의 결정체라든가 땀으로 얼룩진 열매라는 것은 음악으로서의 역할 수행이 끝난 다음에 오는 깨달음이다.

'學而時習之 不亦說乎' 논어의 첫머리에 나오는 공자님 말씀이다. 배우고 때때로 그것을 익히면 이 어찌 기쁘지 않겠는가라는 가르침이다. 자전거를 처음 배울 때 수없이 넘어져도 아픈 줄 모르듯 배움의 희열에는 고통도 수반된다. 狂中及, 즉 미쳐야[狂] 미친다[及]는 말과 같이 배움은 노력을 필요로 하기 때문이다.

우렁찬 박수 소리와 함께 연주회가 끝난 무대. 축하의 꽃다발과 웃음꽃이 피어난다. 나비넥타이 차림의 연주자들. 삼삼오오 기념사진을 찍는다. 이 환희 속에는 무에서 유를 창조하는 지휘자의 고뇌와 예술혼이 깃들어있다. 그리고 바느질처럼 한 뜸 한 뜸 엮어온 단원들의 눈물이 내재되어 있다.

세상사의 흐름은 반복의 영속이다. 음악 활동을 통하여 얻은 깨달음이다. 주어진 한 악곡을 익히는 데 기본적으로 삼백 번의 반복이 필요하다고 한다. 그냥 곡을 익히는 데 삼백 번이다. 그것이 무르익고 또 익어 그야말로 뜨거운 나의 노래가 되어 사람들의 가슴에 감동의 물결을 자아내기까지는 천 번이고 만 번이고 반복이 영속되어야 한다.

'아마추어는 일만 번, 프로는 삼만 번' 어느 날 지휘자와의 환담에서 얻어들은 이야기다. 김연아 선수가 세계무대에서 왕좌의 위치에 오르기까지 빙판 위에서 넘어진 횟수가 이만 번이라고 한다. 넘어지고 또 넘어지면서 달인이 되듯 반복 또 반복의 철학이 음악 속에 내재되어 있다.

우리 연주단은 그간 포항의 불빛축제, 안동의 탈춤축제를 비롯하여 강원도 정선의 뗏목축제에도 참여하는 등 전국의 하늘에 색소폰의 음향을 선사하였다. 병원, 교회, 고아원, 요양 시설 등을 찾아 수시로 음악을 선사하였다. 또한 경북

교육청과 연계하여 중·고등학생을 대상으로 '희망연주회'를 매년 이어가고 있으며 지난해에는 창단 10주년 기념 연주회도 가졌다.

　배움에 어찌 끝이 있고 퇴임이 있고 노소가 있으랴? 취미, 소양활동, 봉사활동, 신앙활동을 퇴직 이후 생활의 3대 패턴이라고 생각한다. 부족한 단장을 나잇값으로 배려해주는 지휘자와 유창한 연주력을 갖춘 우리 단원들, 그 틈에 끼어 콧물 흘리며 동참하는 나의 행보가 이 세 가지 명제를 해결하는 데 기여해주길 소망하면서 이 지순한 반복의 흐름을 이어가리라. (2017)

여름 주례사

　'여름 주례사' 제목을 정해 놓고 보니 우습다. 주례사에 무슨 계절의 구별이 있는가. 여름에 결혼하면 여름 주례사고 가을에 주례를 하면 가을 주례사지.

　테니스를 즐기던 칠십 년대 어느 날. 동호인들의 월례대회에서였다. 그날따라 유난히 헛손질을 자주 하는 친구가 있어 웃음꽃을 피웠다. "거기 공 지나가는 것 못 봤니껴?" "차 지나간 뒤에 손 흔드네." 연발되는 실수에 맞춰 쏟아지는 익살과 야유가 운동장을 달구었다. 그러던 중 스매싱하기 좋은 공이 한 차례 그 친구 머리 위에 떠올랐다. 그는 이번에야 하며 회심의 일격을 가하는 순간 야속하게도 공은 또 휙 하니 지나가 버렸다. 그 순간 응원석 어디메서 '여름 라켓이다' '공이 새어버렸다' 하는 고함소리가 터져 나와 장내는 또 한 번 폭소가 쏟아졌다.

그날의 장면들을 떠올려 보며 가벼운 실수와 재담으로 코트를 달구었던 그날의 화두 '여름 라켓'을 되뇌어 본다.

지난 팔월 초순에 주례를 위촉받았다. 예식장에도 팔월이면 대개 방학(?)이기에 이례적인 사례였다. 주례사를 구상하면서 떠오른 낱말이 여름 라켓이었다. 여름 라켓이 따로 있고 여름 주례사가 따로 있을까만 흘러간 세월의 그 어느 날, 눈물 나리만큼 웃고 즐겼던 그날의 화두가 여름 라켓이었으니 그에 대입하여 여름의 의미를 함축하면 근사한 '여름 주례사'가 될 것 같았다.

좋은 배필 만나 백년가약 하시는 두 분의 앞길을 축복 드립니다. 여름은 더위 때문에 대개 혼사를 피하지만 실은 아주 중요하고 뜻깊은 계절입니다. 여름은 더위가 절정에 이르며 작물들이 앞다투어 성장하는 격정의 계절입니다.

존경하는 문인 중의 한 분은 유독 여름을 좋아하셨습니다. 작열하는 태양 볕 그 속에 젊음의 열정과 도전 정신이 깃들어 있기 때문이라고 하셨습니다. 이해인 수녀님은 '여름이 오면'이라는 시를 통하여 '우리는 서로 더욱 뜨겁게 사랑하며 기쁨으로 타오르는 작은 햇덩어리가 되자'고 노래하셨습니다. 수녀님은 또한 숲과 바다를 즐기는 이들을 향하여 '묵묵히 기도하며 이웃에게 그늘을 드리워 주는 한 그루의 나무가 되자, 확 트인 희망과 용서로 매일을 출렁이는 작은 바다가 되자'고 노래하셨습니다.

개미와 베짱이도 뙤약볕 아래에서 흘리는 땀의 소중함을 일깨워주는 여름 이야기지요. 곧 여름을 잘 관리하는 자, 땀을 잘 다스린 자가 성공에 이를 수 있다는 교훈을 우리에게 일깨워주지요.

대자연의 위력은 여름의 중요함을 역설하고 있습니다. 내리쬐는 햇볕, 쏟아지는 비는 농작물을 자라게 함으로써 모든 생명을 보전합니다. 여름에 몰아치는 태풍도 실상은 지구를 정화하여 생태계를 보호하는 역할을 합니다.

우리네 인생에서의 여름은 어느 즈음에 해당될까요? 유년기, 소년기가 봄이라면 여름은 신랑, 신부와 같은 청년기에 해당된다고 봅니다. 여름은 그리 길지 않습니다. 칠팔월의 반짝 더위도 팔월 중순을 넘기면 서서히 사그라들고 대지는 아침, 저녁으로 서늘한 바람을 몰고 옵니다. 마찬가지로 우리네 인생에서도 젊음은 그리 길지 않습니다.

대망의 웨딩마치와 함께 작열하는 태양과 쏟아지는 호우, 그것은 곧 두 분의 비전을 실현하기 위하여 울리는 축포입니다. 그 축포의 뜨거운 염원을 가슴에 끌어들여 힘찬 발걸음 내디디고 젊음을 불사를 때 영광의 면류관은 두 분의 차지가 될 것임을 확신하며 주례사에 갈음합니다.

대자연의 흐름에나 인간 생활에나 원리와 질서가 있다. 춘하추동이라는 사계가 있고 기승전결이라는 순서가 있다. 봄에 밭을 갈아 씨를 뿌리고 여름에 땀 흘려 가꾸며 가을에 수확하여 겨울에 갈무리를 한다. 그러고는 그간에 흘린 땀방울의 의미를 새기고 새로운 봄을 준비한다.

꽃 피는 봄, 신록의 여름, 단풍의 가을, 백설의 겨울. 자연의 흐름 속에서 그리고 그 흐름에 실려 도닥이는 삶의 과정에서 어느 시점도 무의미한 때가 있으랴. 어느 순간도 소중하지 않은 때가 있으랴.

오늘은 비가 내린다. 우리네 삶도 개고 흐리고 눈비 내리며 때로는 폭풍 폭우 폭설이 쏟아진다. 우리는 살아가면서 끊임없이 이를 맞으며 그로 인해 지친 상념들을 어루만지고 항상 새날을 맞이한다. 이렇듯 고통과 결실의 순환이 소중한 생명을 보전한다. 순천자順天者는 흥하고 역천자逆天者는 망하는 법이다. 원리에 순응하고 질서에 충실하자. 새로운 일월日月을 뜨겁게 맞이하자. (2017)

안동역에서

　"우리는 꿈으로 산다. 그리움으로 산다. 가능성으로 살아
간다." 구름카페 문학상을 제정한 윤재천 교수님의 말씀이
다. '안동역에서'라는 노래가 사람들의 입을 타고 바람처럼
세상에 번져갈 때 문득 떠오른 메시지이다. 노랫말의 내용
이나 악곡의 흐름 등은 불문이다. '안동역에서'라는 제목만
으로도, 그 노래가 사람들의 입에 회자된다는 사실만으로
도, 그런 노래가 세상에 존재함만으로도 가슴이 울렁거렸
다. 그러기에 잊고 있었던 스승의 어록이 가슴 밑바닥으로
부터 도도히 되살아난 것이다.

　안동역. 지금의 모습을 갖춘 것은 내가 고등학교에 갓 입

학하던 1960년 봄이었다. 그해로부터 안동역과의 애틋한 관계도 시작된 셈이며 아직도 나의 체취가 안동역 군데군데에 묻어 있을 것 같은 감회에 젖게 된다. 그해에 안동역은 일제 때 지은 것으로 추정되는 목재 건물이 헐리고 콘크리트 건물로 새 단장을 하였다. 신축 역이 들어서기까지 통학생들이 겪었던 고충도 눈에 선하고 근사한 새 역사를 맞이했던 감격도 새롭다.

아침에는 역사에 머물 시간이 없지만 수업이 파하면 차시간 맞추어 역으로 몰려들었으니 안동역은 우리 통학생들에게 또 하나의 집이었다. 대합실은 방이고 마루였으며 역전 광장은 마당이고 뜰이었다. 대합실 긴 의자에 책가방 모아놓고 끼리끼리 환담의 꽃을 피웠다. 학교에서 못다 챙긴 면학 정보들을 교환하였고 사회, 교육, 문화 등 세상 돌아가는 풍물을 습득하는 장이었다. 신입생들의 수학 안내도, 졸업생들을 위한 선물도 거기에서 오갔다.

추억의 1960년은 4.19의거가 일어난 역사적 해이기도 하다. 독재를 무너뜨리고 민주주의의 꽃을 피우고자 노도와 같이 일어섰던 학생들의 함성이 울려 퍼진 해였다. 안동역과 4.19의 관계도 떼놓을 수 없는 역사적 사건이다. 피를 뿌리는 의거 소식을 우리는 안동역에서 신문, 방송을 통하여 알았고 의기에 흥분하며 가슴을 졸였던 것도 거기에서였다. 그해에 전국적으로 번진 학생 시위도 안동지역에서는 안동역 광장에서 이루어졌다. 안동역은 곧 꿈과 희망을 불태웠던 마음의 고향이요, 좋은 세상을 염원하는 학생들의 얼이 깃든 성지라고 할 수 있다.

안동은 경북 북부지역의 중심지며 특히 교육의 메카로서 외지에서 학생들이 많이 모여들었다. 따라서 안동역은 아침부터 저녁까지 학생들의 발걸음이 끊이지 않았다.

당시의 통학 열차는 두 종류였다. 안동을 출발하여 경주를 오가는 남행열차와 제천을 오가는 북행열차였다. 남행열차는 오후 다섯시 이십분에 출발하는 증기기관차였고 그보다 오 분 앞서 출발하는 북행열차는 디젤기관차였다. 나는 의성과 안동을 오가며 통학하였기에 남행열차를 이용하였는데 우리들 남행 학생들은 검은 연기를 마실 적마다 북행열차 학생들을 부러워하며 디젤기관차의 육중한 엔진 소리를 동경하였다.

고향 집 의성과 안동 사이는 네 정거장. 이른 아침 밥숟갈을 놓기 바쁘게 서둘러 집을 나서면 멀리 구봉산을 감돌아 칙칙폭폭 연기를 뿜으며 기적이 울렸다. 지축을 흔들듯 길게 내뿜는 기적을 신호로 하여 아침저녁 오가던 열차 길. 삼삼오오 마주 앉아 정담 나누고 차창 밖 풍경만큼 아름다운 꿈을 키우던 열차 길. 장날엔 짐짝처럼 실려 설 자리도 변변치 않았던 열차 길이었지만 그 속엔 희망과 낭만이 있었고 애틋한 그리움이 있었고 미래가 있었고 무한한 가능성이 있었다.

자리에 앉자마자 책을 펴는 학생들도 있었고 눈을 감고 명상에 젖는 학생들도 있었다. 의자의 팔걸이에 엉거주춤 엉덩이를 걸치고 앉은 사람, 친구의 무릎 위에 걸터앉은 사람, 저마다의 모습으로 미래를 기약하던 학창 시절이었기에 그리움은 더욱 절절하다.

대전 블루스, 서산 갯마을, 흑산도 아가씨 등 지명을 따서 지어진 노래가 참 많다. 대중가요뿐이 아니다. 산타루치아, 런던 브릿지 등 외국의 가곡에도. 밀양 아리랑, 몽금포 타령 등 전통 민요에도 지명을 테마로 한 노래는 많다. 그것들을 대할 때마다 지명에 얽힌 애틋한 향수를 접하게 된다. 그러나 내게 '안동역에서'만큼 뭉클한 노래, 감회 어린 노래가 또 있을까?

안동역. 거기에는 어머님의 따뜻한 숨결이 스며있다. 뒷동산 뻐꾸기 소리 같은 전설이 숨 쉬고 있다. 불타는 젊음이 있었고 비약하는 날개가 있었다. 만남과 이별, 슬픔과 기쁨, 설렘과 눈물, 우렁찬 감흥이 있었다. 포효하는 기적을 너머 우리는 타오르는 태양을 보았다. 그리고 정의와 진리를 구가하였다.

눈 감으면 아련한 그날의 모습들. 그 속에서 보람보다 훨씬 벅차오르는 한 줄기의 회한이 숨어 있다. 그때 그 시절, 제복 차림으로 안동역 화장실에서 숨어 피던 담배맛이 생각난다. 호기심 가득한 담배 연기의 유혹을 뿌리치고 착실하게 공부만 했더라면, 오가는 열차 속에서 좀 덜 까불고 책만 보았더라면, 지금보다는 훨씬 더 윗질의 삶을 누릴 수 있었을 텐데……. 그리움 속에 묻어오는 후회의 메시지가 기적처럼 가슴을 두드린다. 노랫소리 메아리 되어 다시금 비껴온다. '기다리는 내 마음만 녹고 녹는다. 밤이 깊은 안동역에서'

(2015)

산책 일기

으스름 새벽에 길을 나선다. 산책이랄 수도 있고 등산이
랄 수도 있는 새벽 일과다. 대문을 나서면 이내 등산로 입구
에 다다른다. 언제라도 반겨 주는 양학산이다. 수목이 우거
져 여름철에도 그늘만 밟고 오를 수 있다. 높이도 경사도 그
만그만하고 오르막 내리막도 적당히 배열된 코스가 마냥
정겹다. 동네 가까이 이런 명품 산이 있다는 것은 시민의 홍
복이 아닐 수 없다.

나는 어둠이 갓 걷힌 산길이 가장 좋다. 적당히 익은 음식
맛에서 느끼는 정감 같은 것이다. 숲길에 들어서서 한참을
걷다 보면 어둠은 서서히 물러서는데 이맘때쯤 내려오는

이들도 만난다. 그들은 아마 컴컴한 산길을 올랐을 것이다.

초구, 깔딱재, 무덤실, 장거리 등 혼자만이 임의로 이름 붙인 몇 굽이의 코스를 거쳐 목적지에 이른다. 초구는 산으로 들어서는 입구를 말한다. 통나무로 만든 계단을 지나 산비탈을 타고 오르는 길이 펼쳐진다. 여기서부터 호흡이 가빠진다. 신체가 운동의 경지로 돌입하기 때문이다. 코로 들이켜고 입으로 내뱉는 호흡을 규칙적으로 실시하면서 비탈길을 오른다.

산길을 걷다 보면 각종 화두들이 뇌리에 등장한다. 보고, 듣고, 느끼고, 깨달은 잠재의식들이다. 금명간에 해야 할 일을 구상하기도 하고, 잊혀진 모습들을 그려 보기도 한다. 시와 소설의 구절이 떠오른다. 인상 깊었던 드라마의 대사, 노래 가사나 음률도 떠오른다.

비탈길을 달음질쳐 한 굽이 올라서면 깔딱재가 나타난다. 비스듬히 누운 바위들을 밟거나 피해 갈지자의 길이 이리저리 나 있다. 깔딱재란 짧은 거리지만 경사가 심해 숨을 헐떡거리며 올라야 하는 코스기에 붙여본 이름이다.

'소도 언덕이 있어야 비빈다'고 하였던가. 나도 오르막길에서는 보폭을 넓히고자 노력한다. 중학생 시절이었던

1958년도 도쿄 아시안 게임 마라톤 경기에서 우승한 이창훈 선수가 있었다. 그는 언덕길 주파가 특기였다. 평지에서는 다른 선수와 비슷한 레이스를 펼치다가 오르막에서 승부를 결정짓는다는 소문이 자자하였다. 평지에서의 주폭은 신장에 따라 결정되지만 오르막에서의 주폭은 근력이 좌우한다. 이창훈 선수를 떠올리며 헉헉 언덕길을 비빈다.

깔딱재를 올라서면 평온한 길이 선 허리를 감돌아 구불구불 이어진다. 심호흡을 해본다. 상모놀이 하듯이 목을 돌리고 곤봉체조 하듯이 팔도 흔들어 가며 가벼운 걸음을 재촉한다.

어디선가 울부짖듯 새 소리가 들려온다. 뒤이어 낭랑하고 경쾌한 답가가 이어진다. 새소리는 일 회로 끝나지 않는 특징이 있다. 부름이 있으면 응답이 있듯이 이 회 내지 그 이상의 반복 음악으로 이어진다.

물소리, 바람소리, 새소리, 벌레소리, 파도소리, 천둥소리… 대자연의 아리아는 귀로 듣는 음악이 아니다. 가슴으로 고동치는 태초의 시편이다.

다시금 오르막길이 나타난다. 길옆에 두 개의 묘소가 동그마니 앉아 있어 무덤실이라 명명한 고갯길이다. 여기 계신 어르신 두 분은 종일토록 무료하진 않으리라. 오가는 길 손들을 쳐다보며 이승에서의 추억에 잠길 테니까.

가쁜 숨을 몰아쉬고 무덤실을 지나면 키 큰 노송들이 하늘을 가리고 둘러서서 길손을 맞는다. 소나무 사이로 자리한 활엽수들도 덩달아 손을 벌린다. 양학산이라는 이름에 걸맞게 부드러운 산세와 아늑한 기운이 온몸을 감싼다. 천천히 숨을 고르고 산길을 오르면 아주 완만한 고갯길이 나타난다. 역시 나만이 명명한 장거리 코스다. 이 구간은 서둘지 않고 오른다. 근력보다는 지구력을 요하기 때문이다.

체내에 산소를 공급하는 심장이 최대로 박동하는 경지에 이를 때 운동 효과가 주어지고 이러한 상태가 한 주일에 삼 회 정도는 확보되어야 심폐기능이 향상된다고 한다. 이는 곧 학교 교육과정에서 주당 세 시간의 체육 과목이 배정되는 이유이기도 하다.

이 고갯마루 좌, 우측에 조그만 봉우리가 있는데 좌측 봉우리가 나의 목적지다. 많은 사람들이 고개 넘어 더 높은 곳으로 내닫지만 나는 이쯤에서 만족하고 발걸음을 멈춘다. 태양을 향해 선다. 소나무 가지 사이로 떠오르는 붉은 태양을 바라보며 양팔을 뒤로 젖혀 숨 고르기를 하고 이어서 체조와 단전호흡을 한다.

초등학교 때 배운 국민보건체조, 고등학교 때 배운 재건체조, 군에서 배운 육군도수체조, 그리고 근래에 익힌 신세기체조에 이르기까지의 많은 동작들 중에서 가장 이상적인 동작을 선택하여 숨 쉬기-다리-목-팔-가슴-옆구리-등배 등의 순서로 하나, 둘, 셋, 넷, 체조를 한다.

체조가 끝나면 벤치에 앉아 짙푸른 소나무를 바라보며 단전호흡에 빠져든다. 먼저 호기를 한다. 배와 등이 맞닿을 정도로 힘껏 오므려 배 속의 공기를 다 뱉어낸다. 많이 비워야 많이 채울 수 있기 때문이다. 되도록 많은 숨을 되도록 오랫동안 되도록 깊숙이 밀어 넣고자 하는 것이 흡기의 원칙이다. 양손 엄지 손등으로 부풀어 오르는 배를 지그시 누르며 심호흡을 반복하노라면 온 산의 정기와 녹색 기운이 체내로 빨려든다. 두 눈을 감고 명상에 잠긴다. 옛 도승들의 수행 자세를 연상하면서.

심신의 조화로운 발달은 만인의 염원이다. '내리막길은 보다 천천히'를 강조하는 주치의 신 박사의 당부를 유념하며 발길을 돌린다. 오르막길이 도전이라면 내리막길은 절제라고 할 수 있다. 어려움 앞에 두려워 말고 손쉬운 일에 소홀함 없기를 깨우친 명상록이다.

　뜨거이 마주한 태양 빛과 녹색 물결을 가슴 가득 안고 오늘을 살자. 오늘이라는 이 시간은 다시금 주어지지 않는다. 오늘이 내 삶에 최선의 날이 되기를 기원하며 산길을 내려온다. (2012)

열린 음악회

"유행가 부르면 목소리 베린다." 어릴 때 귀 따갑게 들어 온 말이다. 상스런 노래가 금기시된 가족적 분위기 때문이었다. 유행가를 포함한 저속한(?) 노랠랑 아예 입에 담지 못하고 지낸 유·소년기였다. 교과서를 비롯하여 학교에서 배운 의식곡과 애국 가곡, 전래 동요 내지 민요 등이 내게 허용된 노래였고 성장하면서 익힌 108곡집에 수록된 가곡 등이 주를 이룬 나의 애창곡이었다.

유행가의 가락이나 창법이 교과서적 음악과는 완연히 다르다는 차별감이 진하게 느껴졌다. 거기에 물들면 바른 음악이 되지 않을 것 같은 압박감도 느껴졌다. 어린 마음에도

"유행가 부르면 목소리 베린다."는 금기 사항을 고수하려고 노력하였다. 생각해보면 대부분의 학생들이 대중가요에 선뜻 다가서길 조심스러워했던 시절이기도 하다.

사촌들이 고향으로 이사 올 때 나는 들떠 있었다. 대구 삼덕동 큰집에는 6.25사변 통에도 커다란 피아노가 있었기 때문이었다. 이런 나의 기대를 저버리고 어느 날엔가 우리 집 상방에 조그만 풍금이 한 대 놓이게 되었다. 큰집에 있던 피아노가 작은 풍금으로 바뀌면서 우리 집 상방까지 굴러오게 된 것이다. 기우는 가세 탓이었다. 이 풍금은 내가 고등학교에 입학한 이후까지도 있었던 것으로 기억된다.

건반 수가 얼마 되지 않은 작은 풍금으로부터 '스와니 강'도 '아, 목동아'도 흘러나왔다. 삼일절 노래와 광복절 노래도 흘러나왔고 '아, 잊으랴, 어찌 우리 이 날을'이라며 6.25 노래도 흘러나왔다. 의성초등학교 교가와 응원가도 흘러나왔고 '아리랑' '도라지'도 '산타루치아' '보리수'도 마냥 흘러나왔다.

초등학교 4학년 때 J라는 친구 집에 놀러 간 적이 있었다. 우리 집보다 훨씬 근사한 기와집이었다. 그 집 큰 마루에서 가족들이 모여 축음기를 틀어놓고 '꿈에 본 내 고향'이라는 노래를 즐기고 있었다. '고향이 그리워도 못 가는 신세'라며 새로 나온 유행가를 따라 부르기도 하였다.

J는 벌써 그 노래를 익혀서 내게도 한번 불러 보라고 권유하였다. 그리고 자기는 제법 몸놀림까지 곁들여가며 큰 소리로 진지하게 불러댔다. 나는 그 노래에 별 감흥을 느끼지 못했다. 가락에도 친숙함을 가질 수 없었거니와 창법도 이상하게 들렸다. 몸을 흔들어가며 노래하는 J의 모습도 야릇하게 느껴졌다. 아무튼 그것이 유행가라는 사실을 깨닫고는 입을 닫고 말았다.

소풍 가서도 유행가를 불러본 기억은 거의 없다. 초등학교 소풍 때는 '해는 져서 어두운데'로 시작되는 현재명의 '고향생각'을 주로 불렀고 중학교 소풍 때는 김성태의 '이별의 노래'를 불렀던 것으로 기억한다. 이러한 가곡을 우리 어릴 때는 명곡이라 하였다. 가볍고 얇은 음색으로 천박한(?) 유행가에 비해 명곡은 맑고, 밝고, 중후한 무게감과 예술성을 지녔다고 믿었다. 그리하여 목에만 힘을 주어 발발 떨어대는 유행가를 멀리하고 한 번을 불러도 전신에 힘을 주어 폭포수처럼 쏟아지는 우렁차고 공명되는 가곡을 희구하였다.

담 너머 병원 집은 형편이 우리보다 썩 좋았다. 음질 좋은 전축 소리가 담 너머로 자주 들려왔다. 귀에 익은 음악도 있었지만 내가 이해하기에 어려운 음악들도 많았다. 아마 유명 오페라의 아리아나 베토벤 등 유명 작곡자의 심포니 몇 번으로 명명되는 고전 음악들이었을 것이다.

우리 집엔 그토록 수준 높은 음악은 없었으나 어머님도 백모님도 누나들도 바이엘, 체르니를 익혀 '세레나데'니 '아베마리아'니 하는 가곡들을 들려주었고 우리 형제들도 유행가는 입에 담지 않는 수준의 음악적 정서를 갖추었다.

사범학교에 입학하여 첫 음악 실기 평가가 이루어졌다. 평가 곡목은 '토셀리의 세레나데'였다. '사랑의 노래, 들려온다. 옛날을 말하는가 기쁜 우리 젊은 날'이라는 이 노래는 내가 초등학교 다닐 때부터 어머니의 어깨너머로 수없이 들어 온 곡이었다. 그래서 평가이기 때문에 고통스러워했던 급우들에 비해 한결 수월했고 나의 발표에 만족스러워하던 선생님의 표정도 기억에 선하다. 소야곡으로 명명되는 세레나데는 슈베르트, 토셀리, 드리고 등의 세레나데가 있다. 그중에서도 '오늘 밤 저 바다에 바람은 고요한데'로 시작되는 드리고의 세레나데는 작곡자가 단 한 작품만을 발표했었다는 일화를 곁들여 주던 어머니의 이야기가 새롭고 그립다.

KBS 방송 프로그램 중에서 일요일 밤에 방영되는 열린 음악회를 즐겨 시청하였다. 유명 교수들이 나와서 내가 즐겨하는 가곡을 우렁차게 불러 주기 때문이었다. 그들의 가창력을 통하여 시원한 대리 만족을 얻었고 때로는 그들을 따라 불러 보기도 하였다. 이러한 흥취를 얻기까지 많은 인내심이 필요했다. 가요 곡을 연주하는 대중 가수들의 순서가 그 앞이기 때문이었다. 좋은 음악 듣자고 맘에 차지 않은 음악도 흥얼거리며 기다려야 했다.

열린 음악회란 곧 그 제목같이 장르를 열고 격조를 헐어 대중이 같이 즐기자는 목적으로 열리리라. 클래식 음악과 대중음악의 융합이라는 차원에서도 바람직한 프로이다. 사회자의 우아한 진행에 곁들여 교수도 가요를 부르고 가수도 가곡을 부르는 그야말로 열린 음악회는 얼마나 멋진 예술인가?

그러나 악화가 양화를 구축한다고 하였던가. 어느 날부턴가 슬며시 열린 음악회가 닫힌 음악회, 빼앗긴 음악회로 전락하였다. 상호 간에 열린 음악회가 아니라 점령하고 점령

당한 가요 중심의 염증 음악회로 변화하고 있었다. 프로그램 뒷부분에 몇 곡조 끼어있던 가곡조차 아예 빠지고 젊은 그룹들의 귀 따가운 가요만이 시종하게 되었다. 즐기던 음악회가 피곤한 음악회로 식상하고 말았다.

이는 물론 가곡을 좋아하는 나만의 기준이리라. 그러나 가곡 몇 곡조 듣자고 발휘하던 그 인내심마저 깡그리 앗아간 시끄럽기만 한 열린 음악회가 나는 싫다. 이제는 싫다.

(2017)

우남雩南과 MB

　지난 대선에서 이명박 대통령이 당선되었다. '이 대통령' 오랜만에 불러보는 호칭이다. 이 대통령이라고 불러 본 기억이 새롭다. 비록 사람은 바뀌었지만 '이 대통령'이라는 호칭이 나이 꽤나 든 내게는 야릇한 감회를 자아낸다. 그것은 어린 시절의 추억을 되살리는 약발을 지니고 있으니 실로 반세기 만에 돌아온 이 대통령인 셈이다.

　철들고부터 불러 본 우리나라 대통령은 이승만 대통령이었다. 아이들에겐 할아버지 같은 존재였고 국부로서의 상징성도 지녔다. 대통령은 한없이 성스런 존재였으니 대통령이라는 말과 이 대통령이라는 말은 곧 동의어이기도 하였다. 4.19의거가 일어나고 제2공화국이 들어서면서 윤보선 선생이 대통령에 올랐지만 윤 대통령이라는 말이 퍼뜩 나오지 않아 나는 한동안 '윤이대통령'이라고 불렀다.

리버티 뉴스나 신문에 나오는 대통령의 모습은 한복 두루마기 차림일 때가 많았고, 내 눈에는 그 차림이 국부로서의 권위를 상징하는 것으로 보였다. 대통령의 호칭도 당연히 각하라는 존칭 이외에 이승만 박사라든가 우남 선생이라고 호칭하는 이들이 많았다. 박사와 선생은 대통령의 권위에 버금가는 대명사인 줄 알았고 우남雩南이라는 호號가 붙어서 더욱 훌륭한 인물임을 깨닫게 해주었다.

퇴계, 율곡, 화담, 송강, 석봉, 추사 등 역사상 훌륭한 인물은 모두 호를 지니고 있으며 이는 본명보다도 더 우리 귀에 친숙해져 있다. 5, 60년대만 해도 해공 신익희, 유석 조병옥 등 정치인의 세계에서도 호를 붙여 그 품위를 높여 불렀다.

지난날의 감회를 안고 반세기 만에 불러보는 이 대통령이건만 이번에는 각하라던가 박사, 선생 등의 격조 높은 존칭이 따라붙지 않고 호도 없었다. 천박하기 그지없는 MB로, 그것도 모자라 명박이로 전락하고 말았다. 세월의 변화라고 하기에도 너무 어처구니가 없다.

해방 후 밀물처럼 밀려든 서구 문명과 자유의 물결은 걷잡을 수 없는 가치관의 혼란을 가져왔다. '평등을 이상으로 하는 민주 국가를 건설하면서 기왕이면 양반문화로 평준화했더라면 보다 더 품격 있는 선진국으로 자리매김하였을 것을' 아쉬워하는 학자들의 지적도 있다.

일본 인류학의 본산을 이루었던 고 천정일泉靖一 교수는 한국통으로 서울에서 살았다. 생전에 그를 방문한 한국 기자를 우리의 전통적 예법으로 맞이하면서 '당신의 가문에 족보가 있소?' '문집이 있소?'라는 질문을 가장 먼저 하였다고 한다. 우리 문화에 많은 관심을 가졌던 그는 '한국인을 대할 때 양반이라는 것을 알면 참 편하거든. 양반은 의식주나 일상생활에의 불편, 부자유에 대범하고 따라서 변변찮은 대접에도 개의치 않는단 말이야, 오히려 남을 의식하기 때문에 대접하는 사람이 난처할 때가 많았어.'라는 말을 자주 하였다고 한다. 그러면서 자기의 검소한 집에서의 '검소한 대접에 부담을 가지지 않을 수 있는 유일한 손님은 한국의 양반뿐'이라는 지적을 자주 하였다고 한다.

하향 평준화의 대표적 폐단이 언어예절이다. 전통적으로 우리는 부부간에도 상호 간에 존대어를 사용할 만큼 고차원의 언어예절을 보유하였었다. 그러던 것이 일본 문화가 들어오면서 남편만의 하대로 바뀌었다가 물밀듯이 들어온 서구 문화의 영향으로 이제는 서로 하대하는 형편이 되었다. 부부간의 호칭도 여보, 당신이 아니라 자기, 오빠로 바뀌었다.

어른들의 함자는 글자를 하나씩 떼어 부를 만큼 존경의 예를 갖추었다. 그런데 요즈음엔 부자간에도 존대어가 사라질 만큼 저속하게 변질되고 있다. 대통령에 대한 칭호도 각하라는 말이 슬며시 사라지고 대통령님으로 내려앉더니 이제는 아주 MB, DJ, YS 등으로 곤두박질을 하였다.

국기, 국가, 국화 등 국가의 상징물은 존엄한 것이며 국가원수를 존경함은 곧 애국심의 발로이다. 대통령 각하를 대통령님으로 낮춘다고 이 나라가 평등해지리라는 견해는 지극히 상스러운 발상이다.

초대 대통령이신 우남 이승만 박사의 평가가 재조명되고 있다. 건국에 즈음하여 많은 정적들을 제거하였고 장기 집권으로 불우한 최후를 맞았지만 세상의 흐름을 남 먼저 간파한 님이요, 6.25동란으로 백척간두에 섰던 국가의 운명을 살려 놓은 분이다. 당신의 세계관과 배짱, 그리고 뛰어난

외교력으로 한미상호방위조약을 체결함으로써 오늘날까지 미군이 주둔하게 되었고 이를 통한 군사력의 뒷받침으로 10대 경제국으로의 기적이 창출되었다.

혹자는 그분을 일러 독재자라 평하기도 하지만 그분의 철학과 선견지명의 안목이 없었던들, 바람 앞의 등잔불 같은 반쪽의 국토라도 살려야겠다는 그분의 혜안이 없었던들 오늘의 대한민국이 존재할 수 있었을까.

위대한 국민은 자긍심을 지니며 스스로의 품위를 상승시킨다. 대통령의 함자 앞에 우아한 호를 붙여 국가의 위상은 물론 국민 각자의 품위도 격상시킬 수 있기를 기대한다.

(2009)

여름

나는 여름을 좋아한다. 대지를 삼킬 듯 이글거리는 태양의 정염 어린 눈길이 좋다. 한가로이 떠도는 구름의 여유로움도 좋고 이따금씩 우두둑 떨어지는 소나기 소리에도 정감이 간다. 찢어질 듯 녹음을 쏟아내는 나뭇잎이며 초 다투어 여무는 작물들의 생명력에서 뿌듯한 희열을 본다.

여름은 익어가는 계절이다. 뜨거운 정열 안고 자연도 사람도 익어간다. 문을 열어 놓고 자도 되고, 이불을 안 덥고도 깊은 잠에 빠져든다. 별빛 쏟아지는 밤이면 은하수는 하늘을 가로지르며 밤새 마을을 지킨다. 별빛 안고 잠드는 아이들의 꿈도 영롱하게 익어간다.

여름을 좋아하는 특별한 이유가 또 있다. 신체의 노출이 자연스럽기 때문이다. 연설문과 치마 길이는 짧을수록 좋다는 이야기도 있으니 여성들의 노출은 뭇 남성의 바람이기도 하다. 남성이야 어깨까지 노출하지는 않지만 여성들은 목덜미부터 어깨를 타고 흘러내리는 가느다란 팔이 마냥 노출되고 가슴 부분도 여느 계절보다 분명한 볼륨을 드러낸다. 짧은 치마 아래로 미끈하게 노출되는 각선미는 신선감을 자아내고 짜릿한 전율마저 불러일으킨다. 모기장처럼 얇은 천 속에 가려진 출렁이는 여체는 계절이 생산하는 필연적 예술이다. 생동감 넘치는 그 작품을 무시로 감상할 수 있음도 곧 여름이기에 누릴 수 있는 행운이다.

교통사고도 여름에 더 많이 난다고 한다. 내가 아는 선배한 분도 여름에 사고를 당하였다. 주행 중에 길 가는 여인에 눈이 팔려 차가 논 가운데 빠지는 줄도 몰랐으니 노출의 위력이요 여름다운 이야기이기도 하다.

노출이라도 무조건 신선하고 무한정 아름다운 건 아니다. 아쉬움을 주는 경우도 있고 역겨움을 주는 경우도 있다. 제멋에 사는 세상이라지만 절제된 노출이 더 아름답다. 절제는 자연미와 인간미를 동반하기 때문이다. 드러낼수록 아쉬운 이의 끝없는 노출을 보고 싶다. 몸도 마음도 드러내고

자 하는 이의 제멋과 보는 이의 눈높이가 일치하는 노출이
그립다.

여름이면 매번 떠오르는 기억이 있다. 고등학교 때, 더운
날에도 긴 소매 난방을 고수하는 친구가 있었다. 유난히 가
느다란 팔을 드러내기가 싫었기 때문이었다. 그에게 육체
적 약점을 드러내야 하는 여름은 분명 고통의 계절이었을
것이다. 그러나 보는 이의 생각을 고려했던 그의 도량을 나
이 들어 깨닫게 되었고, 더위를 참고 견딘 그의 인내심에도
경의를 드린다.

긴 팔 소매를 고집했던 또 한 사람의 직장 동료 H가 생각
난다. 그는 더위에 남다른 저항력을 지니고 있었지만 그보
다는 훌렁훌렁 벗어 던질 수 없노라는 절제력이 더 강했던
사람이기에 여름이면 꼭 생각나는 위인이다. 더운 여름에
벗기가 아닌 입기를 고수한 그의 철학에도 경의를 드린다.

하지를 정점으로 태양은 머리 위에서 작열하고 칠월로 접
어들면서 열기는 더욱 타오른다. 사람들은 덥다고 아우성
이다. 학교도 문을 닫고 회사도 관청도 휴가에 들어간다. 피
서지는 연일 야단법석이다. 노출은 극치에 이른다. 절제와
만용이 조화를 잃고 비틀거린다.

농부의 여름은 즐겁다. 더위를 피해 아침저녁으로 논밭을 기웃거려도 그의 기대는 뭉게구름처럼 피어오른다. 뜨거운 햇살이 더없이 고맙고 쏟아지는 소낙비도 마냥 반갑다. 밀짚모자 밑으로 흘러내리는 땀방울 닦으며 농부의 여름은 익어간다. 베짱이의 노랫소리는 점점 커지고 개미들의 땀방울도 여물어간다.

내가 입대하여 군번을 부여받은 날이 7월 1일이었다. 그날 밤 종일토록 일광 소독한 두꺼운 매트리스 위에 누워서 군용 담요를 목 언저리까지 닿도록 덮고 취침 나팔 소리를 들어야 했다. 전신에서 배출되는 땀방울, 그건 곧 수도자의 눈물이었다. 뜨거운 태양과 함께했던 6주간의 신병 훈련 생활은 참기 힘든 수행과정이었다. 어쩌면 대한민국 남자로서의 자격을 갖추고 오늘의 인격체로 성숙하기에 기여한 보석 같은 세월이었다.

아무리 덥다고 아우성쳐도 실로 더위는 잠깐이다. 칠월 몇 주의 반짝 더위를 넘기고 팔월로 접어들면 햇살의 강도가 누그러진다. 절기로도 팔월 초순이면 입추에 접어든다. 바닷물도 하루하루 차가워지고 비키니들도 빠져나간다. 그리고 어느덧 사람들의 입에서 아침저녁이란 단서를 붙여 서늘하다는 엄살이 튀어나온다. 간사하기 그지없는 인간들이다.

신병 훈련을 마치고 새털처럼 가벼운 걸음으로 병영을 나서던 날, 막사 주변엔 가을을 재촉하는 코스모스가 피었었다. 극기의 절정이라던 훈련 코스도 몸부림쳤던 더위도 짧게 느껴졌다. 그리고 아직은 따가운 팔월 중순의 햇살이 정겨운 촉감으로 다가왔다.

나는 여름을 붙들고 싶다. 더위가 수그러진다거나 여름이 간다는 소리가 싫다. 여름이 가면 가을이 오고 필연코 겨울이 닥친다. 호주 여행길에서 가장 부러웠던 것은 시드니의 기후였다. 시드니는 겨울이 없는 도시였다. 봄, 여름, 가을 세 계절만 순환되는 거기 사람들은 얼마나 좋을까.

여름을 보내면 결실의 계절 가을이 온다. 더운 날에 흘린 땀의 대가를 헤아리면서 결실의 기쁨을 맛보고 산야를 물들인 단풍 구경을 하면서 지난 삶을 반추하게 된다. 시드니 사람들처럼 행복한 가을을 보내고 다시 봄을 맞고 싶다. 피할 수만 있다면 피하고 싶은 겨울. 가능하다면 겨울이라는 어둠의 골짜기를 잊어버린 듯 훌쩍 뛰어넘어 희망의 새봄을 맞고 싶다. 그럴 수 없기에 여름날의 긴 햇살을 조금이라도 더 붙들고 싶은 것이다. 비지땀을 흘리면서도. (2016)

익명 찬가

성당 주보에 K선배의 이름이 나왔다. 성당 시설 확보를 위한 성금 기탁자 명단이었다. 본당의 노후된 냉·난방장치를 교체하는 데 많은 예산이 소요되기에 십시일반으로 교우들의 모금이 이루어지고 있었다. K선배의 이름이 나오고 한 칸 건너 후배 J의 이름도 보였다. 언뜻 봐도 열 사람은 넘을 것 같다. 그들의 돈독한 신앙심이 엿보였다. 나도 덩달아 십만 원을 기부하였다. 성당 사무실을 나오면서 밀린 숙제를 한 것처럼 발걸음이 가벼웠다.

다음 주일 주보엔 내 이름도 보였다. 인쇄물에 적힌 이름은 언제라도 야릇한 쾌감을 몰고 온다. 그런데 내 이름 뒤로 익명의 기탁자가 두 사람이나 나온다. 액면도 자그마치 이십만 원과 백만 원이다. 슬며시 얼굴이 달아올랐다. 누구일까? 달랑 십만 원을 기부하면서 이름 드러내기에 급급한 소인배를 부끄럽게 만든 익명의 주인공이.

미사 시간 내내 그 숙제에 얽매여 속앓이하는 동안 B와 K의 얼굴이 자꾸만 떠올랐다. 그들의 넉넉한 성품과 겸손한 처신으로 보아 충분히 익명으로 기탁할 위인들이다. 시간이 지나면서 나의 예상이 자꾸만 확신으로 변해가고 있었다.

익명의 숙제를 풀어가면서 그래도 한 가지 위안을 찾을 수 있었다. 주보의 명단에서 내 이름을 발견한 사람들의 긍정적 반응이었다. '이런 사람조차도 십만 원을 기부하는데……'라는 반응의 예상이었다. 어쩌면 B와 K도 그런 충동에 의하여 나보다 많은 액면을 기부하였을 것이다. 이러한 효과가 지속된다면 성금 기탁자도 더욱 늘어나지 않을까. 나의 예상이 적중되길 기대하면서 익명의 위인들을 향한 정감도 고조되어 갔다.

호사유피虎死留皮요 인사유명人死留名이라 하였던가. 이름 석 자에 관한 인간의 집착은 눈물겹다. 좋은 이름 짓지 못해 안달하고 그 이름 세상에 알리기 위해 난리 치며 끝내는 그 이름이 세상 어딘가에 오래도록 남아 있기를 희구한다. 어느 해 신문에 난 이름 석 자를 오려서 가지고 다니며 아들 자랑하는 어머니를 본 적이 있다. 그것도 신문 기사 내용이나 입상자 명단 따위의 큰 지면이 아니고 신문 활자에 찍힌 이름 달랑 석 자만을 오린 쪽지였다. 그 손톱만 한 쪽지를 지니고 다니며 만나는 이마다 내보이고 아들을 자랑하던 애틋한 모정과 코미디 같았던 장면이 잊혀지질 않는다.

그 주인에 따라서 지극한 존경의 대상이기도 하고 한없는 저주의 대상이 되기도 하는 이름. 명산의 아름다운 바위마다 영락없이 새겨진 얼굴 모르는 이름들. 때로는 깎아 세운 절벽에도 늘어 붙은 이름들을 보노라면 참으로 인간은 이름에 죽고 이름에 사는 동물임을 절감한다.

우리는 많이 가진 것 같지만 가지지 않은 것이 더 많다. 많이 아는 것 같지만 모르는것이 더 많다. 잊어버린 것이 기억하고 있는 것보다 더 많다. 큰 것만이 존재하는 것 같지만 작은 것이 더 많이 존재한다. 보이지 않는 것이 보이는 것보다 더 많이 존재하는 것이 이 세상이다.

해마다 연말이면 얼굴 없는 천사가 사람들의 마음을 설레게 한다. 금년에도 그 천사가 나타나 얼어붙은 가슴들을 녹여 주리라. 감출수록 커지는 것이 사랑이다. 감춘 이름의 위력은 드러낸 이름보다 더 훌륭하다. "야, 이눔아! 웬 중이 이 세상 왔다가 갔다라고 하여라." 열반의 화두를 묻는 제자를 향하여 이렇게 고함치고 세상을 떠났다는 고승의 유언이 생각난다. (2012)

용기와 절제

용기의 화신인 다윗 왕이 어느 날 보석세공을 불러 명령을 내렸다. "짐을 위해 반지를 하나 만들고 거기에 글귀를 새겨 넣어라, 그 글귀는 내가 승리에 도취했을 때 자만하지 않도록 하는 동시에 절망에 처했을 때 헤어날 수 있는 내용이어야 한다."고 하였다. 보석공은 명령대로 아름다운 반지 하나를 만들었으나 적당한 글귀가 생각나지 않아 지혜의 화신인 솔로몬 왕자에게 자문을 구하였다. "폐하의 우월감을 절제해주고 낙담에서 용기를 북돋을 수 있는 말이 없을까요?" 솔로몬이 잠시 생각에 잠기더니 미소 지으며 대답하였다. "이렇게 쓰시면 됩니다. 이것 또한 곧 지나가리라." 유대인의 고전 마드리쉬에 나오는 이야기 한 토막이다.

지난 일을 돌이켜 보면 기쁨도 잠시이며 슬픔도 잠시다. 이 이야기도 세상사의 흐름이 그러한 것이니 기쁘다고 자만하지 말고 슬프다고 낙담하지 말라는 교훈을 제시하고 있다.

대개의 사람들은 평소에 자기가 용기가 있다고 생각한다. 그러나 참으로 용기가 있는지는 어려움이나 위기에 처해봐야 알 수 있다.

진주에 사는 장애인 박모 씨는 작년 12월, 설악산 등반길에서 조난을 당한 지 5일 만에 극적으로 구출되었다. 국립공원관리공단과 소방당국의 전문구조대원 수십 명과 헬기를 동원한 구조대에 의해 구출된 박 씨는 폭설과 영하 20~30도의 매서운 추위 속에서 꼬박 5일을 버틴 초인적 사나이다. 더구나 오른손이 없는 장애를 딛고 의지의 한계를 보여주었으니 그의 인간 승리 앞에 숙연해진다.

을지문덕, 김유신, 계백, 강감찬, 안중근, 김좌진… 용기의 화신이었던 선현들을 추모한다.

조정은 방황하고 백성은 실의에 빠져 있을 때 묵묵히 전쟁에 대비한 위인이 있었으니 우리는 그를 일러 성웅이라

부른다. 풍전등화 같은 국가의 명운 앞에서 몸 던져 애국 혼을 불태운 이순신. 열두 척의 거북선으로 백스물 두 척의 적진을 향하여 진격한 그분의 장거는 용기의 극치라고 할 수 있다.

당시의 적장들도 그의 장거를 칭송하였고 러일 전쟁의 영웅 도고 헤이하치로 제독을 비롯한 일본의 해군 관계자들도 그분을 추앙하고 있으니 진정 세계사에 유례 없는 영웅이 아닌가. "전하 하늘이 우리를 버리지 않았습니다. 신에겐 아직도 열두 척의 전선이 있습니다." "방패로 나의 몸을 가리고 죽음을 알리지 말라."던 그 어록은 불멸의 민족혼으로 남을 것이다.

용기가 부족하면 운이라도 좋아야 한다. 나의 경우가 그렇다. 돌이켜 보면 용기의 발로나 실천보다도 세상 흐름에 편승하여 운 좋게 살아왔다. 군에서도 전방이나 특수부대에 배치되지 않았기에 비교적 수월하게 병역 의무를 마쳤다. 정년으로 마감한 직장 생활도 노력이나 자질에 비하여 늘 과분한 자리를 전전한 것 같다.

용기란 피와 같은 존재로 지혜와 더불어 삶의 절대적 에너지다. 체내에 피가 없으면 생명체가 유지될 수 없듯이 용기를 잃으면 삶이 무의미해진다. 그러나 용기가 넘치면 과욕이 된다. 그것을 조절하는 것이 절제다. 용기와 절제는 삶의 양 날개다. 용기가 동맥이라면 절제는 정맥이라고나 할까. 용기가 가속 페달이라면 절제는 브레이크다. 그러면서도 상반되는 의미를 지니지 않는다. 이의 조화로운 실천이 인간 승리를 가져온다.

용기는 위기를 극복하고 승리를 쟁취하며 절제는 인간의 국량을 대변한다. 박수 칠 때 떠남은 진정한 용기요 절제력이다. 우리는 많이 보아왔고 지금도 아주 가까이서 보고 있다. 권력이 영원할 것이라는 착각으로 물러날 때를 놓친 소인배를, 한때는 대인인 양 치켜세우던 자들이 오히려 등 돌리는 세상을 그들은 왜 나보다도 몰랐을까.

나아가고 물러남에 신중을 기함은 옛 선비의 본분이자 그릇이기도 하였다.

선비는 출처거취出處去就가 분명해야 하며 이것이 불투명하면 선비로서의 신의를 잃게 되고 지탄指彈의 대상이 된다. '참된 선비라면 벼슬에 나가서 행할 도道 즉 정치이념이 확실해야 하고 물러나서는 만대에 수범이 될 만한 가르침이 있어야 한다.' 율곡 선생님의 말씀이다.

18대 대선을 앞둔 지금, 용기와 만용을 구별치 못하는 모리배와 까마귀와 백로도 구별 못 하는 민초들로 나라가 시끄럽다. 출처거취와 명분이 뚜렷하여 만대에 추앙받는 선현이 많았건만 지금 우리의 정치판은 얄궂은 소인배들의 세상이 되어가는가. 벼슬자리 연연하지 않고 강호에 묻혀 학문에 정진하던 선비와 그 문하에 구름처럼 모여들어 배움을 청하던 선인들의 용기와 절제 그리고 그 지혜를 그리워한다. (2012)

브랜드와 자존심

현대자동차에서 근래에 출시한 신차 제네시스의 우수성이 세계적으로 인정되고 있다. 벤츠를 능가하는 승용차라며 독일의 기술자들도 혀를 내두를 정도라고 한다. 그런데 제네시스에 비해 벤츠는 가격이 턱없이 비싸다. 기술 면에서는 대등하나 가격 면에서의 현격한 차이를 감수해야 하는 것이 현실이며 이는 곧 브랜드의 가치 때문이다. 벤츠는 독일 기술의 상징이므로 그 가격은 국가적 자존심이기도 하다. 이렇듯 브랜드는 오랜 기간을 갈고 닦아 온 지식, 기술문화와 국민적 의식과 응집력을 통하여 이루어진다.

상품에는 설명서가 들어 있다. 설명서에 안내된 내용을

잘 준수하여 사용하면 오래도록 유용하게 쓸 수 있고 상품의 가치도 높일 수 있지만 그렇지 않을 때 상품은 망가지고 만다. 사람도 마찬가지다. 우리들 생명은 선현의 가르침이라는 설명서를 부착하고 태어났다. 그 설명서대로 사는 이는 가치 있는 삶이 될 것이요 그렇지 않을 때 구겨진 삶이 될 것이다.

나는 교직에 재직하는 동안 몇 차례에 걸쳐 중앙교육 연수원에서 교육을 받으면서 유명 교수나 석학들과 대담을 나눈 적이 있었다. 그런데 그중에는 내게 남다른 호의를 베푼 분이 더러 있었는데 이유인즉 내가 안동에서 올라온 사람이기 때문이라고 했다. 안동 사람이라는 이유만으로 대우를 받았다면 이는 곧 선현의 은덕이 아닌가.

브랜드란 무엇일까. 그것은 내가 아끼고 가꾸는 세계요 누구도 흉내 낼 수 없는 자존심이다. 평범한 고등어도 '안동 간고등어'가 되고 평범한 꽁치가 '포항 과메기'로 둔갑하듯이 내가 소중히 가꿀 때 그것은 브랜드가 되어 나의 가치를 입증하는 것이다.

다산 정약용은 군자에게는 귀하게 되고자 하는 귀욕貴欲이 있고 소인에게는 부자가 되고자 하는 부욕富欲이 있다고 했다. 귀하다는 것은 흔치 않다는 말이다. 따라서 귀하게 되고자 하는 욕구의 실현은 부욕에 견줄 정도로 쉽지 않다는 전제가 따른다.

우리에겐 귀중貴重한 정신문화가 있다. 그것을 소중히 가꾸는 안동시청 김 시장님의 노력은 참 훌륭하고 모범적이다. 김 시장님은 상시로 한복을 즐겨 입는다. 국내적으로는 한복의 진수를 보여주며 국제적으로도 엘리자베스 영국 여왕을 비롯한 각국 사절단과의 교류에서 두루마기 차림으로 참여함으로써 우리의 전통과 정신문화의 우수성을 소개하였다. 근래에 그리스와 태국, 페루 등지에서 안동 시장을 초청하는 자리에 한복 차림으로 참석해 줄 것을 요청받는 사례로 미루어 이미 국제적으로도 그 위상이 정착되고 있음을 알 수 있다.

또 한 분의 선구자가 있다. 포항문화원 권 원장님이다. 권 원장님은 각종 문화 행사 때마다 한복을 착용하여 우리 문화의 우수성과 한국적 삶의 가치를 고양시킨다. 두루마기 차림으로 문예회관 객석 중앙에 앉아 공연을 관람하는 권 원장님의 모습은 연못 가운데 피어난 한 떨기 연꽃을 연상케 한다.

가장 한국적인 것이 가장 세계적이요, 가장 세계적인 것이 가장 한국적인 지구촌 시대에 우리는 살고 있다. 한국인의 정신적 기조에는 한恨과 흥興이 깔렸다고 한다. 한이 맺히면 모든 것을 던져버리는 한인의 삶이요, 흥이 나면 못 하는 것이 없는 것이 한인의 삶이다. 세계 십위권의 경제 대국을 입국함으로써 우리의 저력을 과시하였고 철강, 자동차, 선박, IT, 기계 할 것 없이 제 분야를 석권한 우리의 기술문화와 정신문화의 우수성이 만방에 퍼져가고 있다.

평화와 정복의 두 얼굴을 가진 서양인에 비추어 얼마나 아름답고 인간적인 우리 민족인가. 한과 흥으로 이루어진 한인의 얼굴엔 오로지 공영과 평화를 최선으로 하는 조화와 통일미의 얼굴만이 있을 뿐이다. (2009)

삼성 신화

　뉴요커의 꿈이 삼성 입사라고 한다. 삼성은 곧 세계인의
기업이다. 지구촌 젊은이의 선망의 대상이다. 우리나라의
자존심은 물론이요, 만인의 우상이기도 하다. 남북 분단, 부
존자원 부족 등 입지적 조건이 열악한 우리나라에 삼성기
업이라는 세기적 기적이 창출된 그 힘은 어디에서 나온 것
이며 그 정신적 뿌리는 무엇일까.

　삼성의 창시자이신 호암 이병철 회장님의 성공의 요체를
풀이하면 운運 둔鈍 근勤이라는 세 글자로 요약된다. 생전에
강조하신 사항이나 삶의 모습, 즐겨 쓰신 어록 등을 통해 후
인들이 집약한 이 회장님의 철학이다. 지극히 휴머니틱한

회장님의 어록을 나름대로 정리하여 해석해 보고자 한다.

그분이 생각하신 운運이란 어떤 것일까. 이 회장님은 평소에 "사람은 능력 하나만으로 성공하는 것이 아니다. 운을 잘 타야 하고 때를 잘 만나야 한다."라는 말로 운運의 의미를 설명하시고 "뭣보다 사람을 잘 만나야 한다."면서 한 번 맺은 인연을 소중히 할 것을 강조하셨다.

이 회장님이 생각하신 운은 하늘에서 뚝 떨어지는 운이 아니다. 주어지는 운세가 아니라 좋은 사람과의 만남이며 바람직한 인간관계를 말함이다. 그분은 평소 "돈이 돈을 번다고 하지만 진실로 돈을 버는 것은 돈이나 권력이 아니라 오로지 사람이다."라는 말씀을 자주 하셨다고 한다. 곧 사람을 중히 여기고 인연을 소중히 가꾸는 과정을 운이라고 생각하셨다.

둔鈍이란 무엇인가? 운이 트일 때까지 버티는 끈기를 말한다. "운을 잘 타고 나아가려면 운이 다가오기를 기다리는 일종의 둔한 맛, 끈기가 있어야 한다."며 둔할 둔鈍 자字의 철학을 펴시었다. 그리하여 "내 인생의 80%를 인재를 모으고 육성시키는 데 소모하였다."고 술회한 바가 있다. 이 회장님은 "삼성의 발전도 유능한 인재 기용의 결과이다. 나는 탁월한 소양을 갖춘 인물을 채용한다. 탁월한 소양이란 그 사람의 인품을 말한다. 그런 사람에게 탁월한 교육을 베풀면 탁월한 삼성맨이 된다."고 하시며 수시로 후진들을 일깨우셨다고 한다.

근勤이란 말할 것도 없이 목표를 향한 근성과 최선의 노력을 말한다. "자기 발전을 꾀하지 않고 게으름을 피우는 것은 스스로 자신을 파멸시키는 인간 이하의 행위이다."라며 근면, 성실을 강조하셨다.

"있을 때 겸손하라, 그러나 없을 때 당당하라." "기도하고 행동하라, 기도와 행동은 앞바퀴와 뒷바퀴다." "힘들어도 웃어라, 절대자도 웃는 사람을 좋아한다." "효도하고 효도하라, 그래야 하늘과 조상이 돕는다." 등 한 인간으로서의 무게감과 인간미가 우러나는 어록을 상기하며 그분을 향한 경외감을 지울 수 없다. 인간 존중이라는 창시자의 철학이 깊이 자리한 삼성 신화를 통하여 사람이 왜 중요하며 사람을 아끼고 사랑함이 왜 그리 애틋한가를 되씹게 된다.

가을날 저녁. 해 기우는 학교 운동장에 잡초들은 왜 저토록 무성한가? 학생들이 없기 때문이다. 부모 따라 새 동네로 이사 갔기 때문이다. 고층 건물 즐비한 새 동네는 왜 밤마다

불야성인가. 사람이 많기 때문이다. 보기 싫은 정치인, 그들이 큰소리치는 힘은 어디에서 나온 것이며 그들이 외쳐대는 구호는 누구를 위함인가. 많은 사람들이 찍어 준 당선이라는 힘이며 국민이라는 이름의 뭇사람들을 위함이다.

사람이 최고다. 사람이 많아야 일이 된다. 사람으로서 사람이 살고 사람을 통하여 삶이 이루어진다. 행복도 불행도 사람을 통하여 결정된다. 아무리 훌륭한 학문, 예술, 종교라도 사람과 무관하다면 의미가 없다. 아무리 빼어난 경관이라도 사람의 눈길 닿지 않는다면 의미가 없다. 아무리 훌륭한 음악회, 체육회, 전시회, 축제라도 사람이 모이지 않는다면 무의미하다. 곧 사람이 가장 중요한 이유다.

시내에 있는 삼성대리점. 그 앞을 지날 때마다 이웃한 다른 브랜드와 대조적으로 넘쳐나는 사람이며 차량들. 그것은 무엇을 의미하는가, 삼성이 삼성이기에 삼성으로서 큰소리치는 가장 큰 힘은 무엇인가. 여기에 대입시켜 볼 명제가 있다. '사람은 무엇으로 사는가? 어떤 힘으로 살아가는가?' 이다.

어느 날 소품을 구매하려고 삼성대리점에 들렀다. 필요한 제품이 없어서 내일로 약속하고 돌아왔는데 늦은 저녁에

전화가 왔다. 그 제품이 약속한 시간에 안 될 것 같으니 그 다음 날 구매하면 안 되겠느냐며 양해를 구하였다. 나는 대뜸 안 된다고 소리쳤다. 주문에 앞서 필요한 시간을 지정했고 삼성이니까 약속하였노라고 힘주어 어필했더니 풀 죽은 목소리로 알았다며 전화를 끊었다. 이튿날 아침 일찍 정한 시간에 대리점에 들렀더니 주문 받은 제품을 정확히 내놓는 것이었다. 비상수단을 동원하여 약속을 이행한 것으로 짐작되었다.

내가 전파를 통하여 삼성이니까 주문하였다는 삼성이니까 믿었다는 그 이유 그 명분을 신뢰라고 풀이하고 싶다. 삼성이 세계적으로 군림하는 가장 큰 힘도 신뢰일 것이다. '삼성이니까' '삼성이기에' '삼성으로서'라는 믿음이 곧 삼성을 세계 초일류의 브랜드로 밀어 올린 힘이라고 믿는다.

"자기를 나타내기보다 조직이 크는 것으로 만족을 꾀하며 눈에 잘 띄지 않지만 일은 틀림없는 사람. 자기의 공보다 다른 사람의 공을 드러내며 자기 절제를 다 한 다음에 아랫사람을 키우는 인재가 회사에 필요한 사람이다."며 홍익인간, 부국 복지의 이념을 구현하신 이병철 회장님의 유훈을 새겨 본다. (2019)

일 보 후퇴

'장총은 일 보 후퇴, 권총은 일 보 전진'
남해안 여행길
어느 휴게소 화장실에 쓰여진 문구다.
나는 일보 전진하며 바짝 신경을 썼다.

'선배님은 장총입니까? 권총입니까?'
화장실을 나오면서 일행인 J 선배께 물어보았다.
선배님도 그 글귀를 보셨던지
"마음대로 생각하게" 하며 활짝 웃으셨다.

사람 사이의 관계도 이와 흡사하다.
유별나게 시끄러운 쪽
드러내지 못해 안달하는 쪽은
언제나 권총을 소지한 이들이다.

마치 화장실 어지럽히듯.

오늘도 그 글귀가 떠오른다.
나는 장총을 지녔는가, 아니다.
그래도 안달하진 않으리라.
기웃거리지도 않으리라.
물러서도 적중하는 장총을 배우리라.

차라리 눈으로

'아, 예'라고 인사말을 하는 사람이 있다.
인사를 나눌 때면 그는 으레 '아, 예'라고만 한다.
'안녕하십니까'
'오랜만입니다'
'잘 지냈습니까' 등등
상황에 따라 나의 인사말은 변해도
그의 인사말은 한결같이 '아, 예'다.
나는 항상 그에게 먼저 인사해야 하고
그는 항상 받기만 해도 되는가.
가끔씩 다른 인사말 한마디 곁들이면 안 될까.
차라리 서로 눈으로만 인사하면 어떨까.

한마디의 인사로는 맘에 차지 않는 사람이 있다.
아침마다 만나게 되는데

나의 인사말 끝에 항상 반문을 던진다.
'오랜만입니다'라고 하면
'요새는 왜 그리 안 보이십니까'라며 되묻고
'좀 바빠서요'라고 하면
'뭐가 그리 바쁩니까'라고 한다.
'요새는 일거리가 좀 있어서요'라고 하면
'무슨 일인데요' 하며 꼬치꼬치 따져 묻는다.
나의 답변 끝에 '아, 그렇습니까'라고만 하면 안 될까.
차라리 서로 눈으로만 인사하면 어떨까.

四季

3/
가을

의성 메아리

'의성 메아리' 10월호가 배달되었다. 의성군청에서 매월 발간되는 20여 쪽짜리 소식지다. 고향의 이모저모가 소개 되어 애틋한 향수와 정감이 배어난다. 고향을 위하여 나는 아무런 도움을 준 적이 없다. 그곳이 나의 뿌리이므로 그저 마음속으로만 생각하고 마냥 그리워할 뿐이다. 그런데도 매월 잊지 않고 찾아오는 이 책자가 고맙고 소중함은 이를 받을 때마다 출향민의 마음을 헤아려 주는 고향의 따뜻함 때문이다.

목차를 훑어보며 첫 페이지를 여는 순간 '의성군, 최우수 상 수상!!'이라는 현수막과 함께 파안대소하는 고향인들의 모습이 나타난다. 금년도 경북 농식품 수출 촉진대회에서 거둔 실적이다. 마늘의 특산지로 전형적 농촌인 의성이 근래에 과일, 채소, 약초 등 특용 작물의 생산에도 박차를 가하여 생산품의 우수성이 전국적으로 알려진바 도내 최우수상은 당연한 결과이기도 하다.

흐뭇한 맘으로 다음 페이지를 열어 본다. 지난 2월 온 세상을 떠들썩하게 했던 "영미야!"들이 꽃다발을 목에 걸고 활짝 웃으며 군수님과 함께 손에 손을 치켜들고 환호한다. 올림픽의 쾌거를 기념하는 귀향 환영식 장면이다. 2018 평창동계올림픽에서 일으켰던 감격을 동력으로 '의성컬링테마관광타운'을 조성한다는 반가운 소식이 이어진다.

의성 체육의 저력이 이번에 일으킨 컬링 부문의 선풍이 처음은 아니다. 전통적으로 체육의 강세 고장이었다. 소년체전이 성행하던 수십 년 동안 육상, 구기, 투기 할 것 없이 여러 종목에서 전국적으로 이름을 날렸다.

의성여고 연식 정구부는 한동안 전국 최강이었다. 전국대회 우승하는 날에는 온 고을이 떠나갈 듯 잔치 분위기였다. 누구나 선수들을 귀이 여기고 감독을 칙사 모시듯 하였으니 향토를 빛내 준 노고가 더없이 자랑스럽고 스포츠를 통하여 애향심을 다지는 계기가 이루어졌다.

의성중학교와 의성고등학교 씨름부도 전국 최강이었다. 이준희, 이태현 등의 천하장사가 의성에서 배출되었고 지금도 그 전통이 이어져 의성군청 씨름부가 건재하고 있다. 설날이나 추석날 등 민속장사씨름대회에서 분투하는 후진들의 모습을 TV로 보면서 뿌듯한 긍지를 지니게 된다. 의성초등, 의성중, 의성고등을 연계하여 지도 육성에 진력하는 향인들에게 경의를 드린다. 아울러 새로이 조성되는 '의성 컬링테마관광타운'에 이어 씨름 전용 체육관, 씨름 역사관, 씨름 학습관 등이 조성되어 씨름의 성지로서의 전통이 꽃 피기를 소망한다.

'통합 신공항! 비안~소보 후보지가 최적입니다'는 제목이 한눈에 들어온다. 지난 3월에 국방부가 대구 군 공항이전부지 선정위원회를 열고 의성군 비안면~군위군 소보면 일대와 군위군 우보면 일대를 이전 후보지로 일차 선정하였다고 한다. 어느 곳이든 최적지가 선정되겠지만 기왕이면 비안~소보 후보지가 최종 결정되어 이웃 고을 군위군과 더불어 고향의 발전이 이루어지길 기대해본다.

다음 소식은 '의성의 보물, 사랑합니다!'이다. 의성의 보물이 무엇일까? 8, 9월에 태어난 아기들의 이름이 나열되어있었다. 24명이다. 전국적인 인구 감소 추세를 감안하면 고작 24명이 아니라 무려 24명이라고 해야 할까?

새 생명의 탄생이란 더없이 소중하고 고귀한 것이다. 예로부터 아기의 울음소리는 하늘의 축복으로 일컬어져 왔다. 근래에 뜻있는 젊은이들에 의하여 귀농 현상이 이어지고 있는바 아기 소리 진동하는 농촌, 골목마다 아이들이 넘쳐나는 축복의 세상을 소망해 본다.

정감 어린 소식들을 훑어보면서 몇 장 넘겨 의성군 인재 육성 재단에서 소개하는 장학성금 기탁자의 명단에 눈길이 머문다. 이 페이지를 볼 때마다 숙연한 감회와 설렘이 교차한다. 넉넉하지 못한 가계에도 매번 성금을 기탁하는 친구 S 군 때문이다. 매번 보이던 친구의 이름이 이번에도 100만 원 이상 고액 기탁자의 명단에 끼어있었다. 친구의 선행에 감사하는 마음과 선뜻 동참하지 못하는 죄송함이 교차한다.

'우리가 물이라면 새암이 있고, 우리가 나무라면 뿌리가 있다. 개천절 노래의 첫 대목이다. 시월은 나라가 열린 달인 만큼 수천 년 세월을 두고 우리 한인의 가슴속에 고이 간직

된 뿌리의 달이라고 할 수 있다. 누구나 한 번쯤 뿌리를 다
지고 자아를 돌아보게 되는 시월이다.

그러기에 시월은 또한 고향이 그리워지는 달이다. 오늘따
라 더욱 고향이 그립다. 고향이라는 말만으로도 설레는 곳.
구봉산 산자락을 내닫던 어린 시절이 그립고 그 산그늘에
서 함께 뒹굴던 친구가 그립다. 선현의 향기를 오롯이 간직
한 고향. 인의예지의 전통과 이웃 사랑의 정감을 다독이며
새 역사 속의 성지로 영원하기를 축원한다. (2018)

꿀사과

청송 지방의 꿀사과는 여느 사과에서도 느낄 수 없는 감미를 향취할 수 있다. 쪼개어 보면 내면에 여러 줄의 꿀 무늬가 그려져 있으며 수분이 많고 당도가 높아 그 맛이 단연 전국의 으뜸이다. 세상의 많고 많은 사과 중에 청송 꿀사과의 맛이 으뜸이듯이 세상에 널린 음악 중에서 내 귀에 가장 아름답게 들린 음악이 있다.

서울모테트합창단의 연주는 사과로 비긴다면 꿀사과요, 기름에 비긴다면 참기름이다. 다른 어떤 연주회에서도 느껴 볼 수 없는 꿀사과처럼 달콤한 꿀맛이 있고 참기름처럼 고소하고 진한 향기가 있다.

'다시는 그 어떤 합창단의 공연도 보지 않겠다.' 서울모테트합창단의 연주를 듣고 난 뒤의 소감이었다. 가슴 울렁이는 감동을 지우지 않기 위함이요, 뇌리에 입력된 아름다운 선율을 오래도록 간직하기 위함이다. 꿀사과로 돋구어놓은 미각을 평범한 사과 맛으로 버리고 싶지 않음과 같다.

모테트합창단의 하모니가 들려준 것은 단순한 코러스가 아니었다. 세상에서 흔히 들을 수 있는 그렇고 그런 음악이 아니었다. 천지가 창조되는 환희요, 천상에서 들려오는 계시였다. 그 소리는 새벽을 알리는 하늘의 숨결이요, 깊어가는 밤 달빛의 속삭임이요, 도도히 흘러내리는 강물이요, 만경창파의 파도 소리요, 얼음장 밑으로 흐르는 봄의 서곡이요, 가을 뜨락에 쏟아지는 햇살이요, 창검이 부딪히는 전장이요, 평화를 기원하는 기도였다.

그 하모니 속엔 세상의 희로애락이, 피와 땀과 눈물이, 사람과 자연의 어울림이, 하늘을 우러르는 염원이, 그리고 영원으로 치닫는 기도가 내재되어 있었다. 인간의 영감을 뒤흔들고 내면을 정화하며 영혼을 치유하는 힘이 있었으니 곧 삶의 참 의미를 깨닫게 하는 감격적 음악이었다.

섬세하고 부드럽고 청아하고 감미로운 소리, 유창하고 도도하고 장엄하고 기백이 넘치는 소리, 그것은 지금껏 들어본 그 어떤 음악으로도 설명할 수 없는, 앞으로 대할 그 어떤 음악으로도 느껴볼 수 없고, 더 이상 재생이 불가능할 것 같은 경이로움을 가져다주었다.

이토록 깊고 다양한 감흥의 원천은 무엇이며 그 음악적 에너지는 어디에서 비롯된 것일까. 구성원의 풍부한 음악성과 일체감의 기반 위에 '섬세하고 치밀한 완벽주의자' '생명의 소리를 전하는 구도자'라는 평을 받고 있는 지휘자 성신여대 박치용 교수님의 철학과 열정과 조련술이 일구어낸 기적일 것이다.

서울모테트합창단은 1989년 창단 이후 지금까지 700여 회에 달하는 연주 활동에 힘입어 2004년 '올해의 예술상' 수상에 이어 2005년 국내 최고의 권위를 자랑하며 모든 예술인의 최고의 영예인 '대한민국 예술상(대통령상)'을 최초로 개인이 아닌 음악 단체로 수상함으로써 우리나라 음악계를 선도하는 순수합창음악의 자존심이라고 할 수 있다. 근대적 서양음악의 효시인 르네상스 시대의 합창 명곡들로부터 바흐를 중심으로 한 바로크 시대의 합창 명곡들, 고전,

낭만 시대의 대표적 합창 명곡들과 난해하고도 실험적인 현대음악에 이르기까지 폭넓은 레퍼토리를 아카데믹하게 소화해 내고 있다.

내가 소속된 세실리아 성가대의 지휘자이신 하 프란체스카 선생님. 비록 지방에 계시지만 그 지도력은 최상급이요, 선생님이 좋으신 만큼 단원들의 노력도 가상하다.

하 선생님의 소신과 평소에 단원들에게 일러주시는 주문을 대별하면 음량의 절제, 감정의 정립, 악상 표현의 적정, 일체감과 화합, 바른 자세 유지, 정통성 고수 등이며 나아가 음악의 내면화 내지 가치화 등이다. 불필요한 부분을 깎고 또 깎아내어 조각 작품이 완성되듯이 선생께서는 정제된 발성을 강조하신다. 다양한 음색이 모여 새로운 소리가 창출되는 합창이므로 다른 사람의 소리를 듣고 나의 소리를 거기에 묻어야 한다. 작곡자의 의도에 따라 악곡의 흐름이 이루어지도록 주관적인 감정 이입을 막아야 한다. 때로는 좀 더 크고 유창한 소리를 내고 싶은 충동을 억제해야 한다. 구형, 발음, 호흡 등 기본적 발성에서부터 가사 전달이나 악상 표현 등 어느 것에도 군더더기를 허용치 않는 선생님의 주문에 철저히 따라야 하기 때문이다.

선생님의 음악 세계, 그 큰 바다의 중심에서 출렁이는 파도를 만끽하기에 우리들이 띄우는 조각배는 너무나 작고 초라할 것이다. 그래도 연주가 끝나는 대목에서 선생님은 항상 오른손을 꼭 쥐고 미소를 짓는다. 이 정도면 만족한다는 표시이기도 하고 격려의 표시이기도 하리라.

영화 '바람과 함께 사라지다'에서 비비안 리와 크라크 게이블의 뜨거운 키스 장면과 '벤허'에서 주인공인 쥬다 벤허가 라이벌 멧살라를 맞아 벌이는 전차경기 장면은 이십세기 최 걸작품의 하나로 손꼽히는 명장면이다. 우리들 삶의 과정에서도 이처럼 가슴 찡한 장면들을 만나게 된다. 지난 10월, 한동대학교에서 감상한 서울모테트합창단의 공연이 곧 이와 같은 감동을 자아내었다. 그날의 연주회를 통하여 바로 프란체스카 선생님이 들려주던 합창 예술의 이상을 목격하였고 가슴 뿌듯이 그것을 공감하였기 때문이었다.

가장 인상적인 장면. 노래가 끝난 시각에도 단원들은 그냥 서 있었다. 어둠 속으로 불빛이 사라지듯 '음' 하며 공명음이 사라지는데 그래도 어디선가 들려오는 듯, 표정으로 그 소리가 되돌아오는 듯, 끊인 듯, 이어진 듯, 들리는 듯, 사라진 듯한 소리며 표정. 그것은 일찍이 하 선생님께서 우리에게 당부하던 모습이었으니 곧 합창 예술의 이상이 현실로 나타나는 순간이었다. 시작하기 전에 호흡을 가다듬고 워밍업 하듯이, 끝나는 시점에서도 허밍으로 여운을 남겨야 한다던. 소리가 시작되어 사라지는 순간까지 표정, 입 모양은 물론 심장의 박동 소리까지 통일되어야 한다던. 음악의 참 경지는 들리지 않는 부분까지도 들을 수 있어야 한다던.

1997년 내한 객원지휘를 했던 영국의 작곡가 겸 지휘자인 존 루터를 비롯하여 독일의 지휘자 베르너 파프, 벨기에의 지휘자 요스반틴 보레든 등이 격찬, 세계적인 합창단으로 평가받는 모테트합창단은 활발한 해외 연주 활동으로 우리의 예술세계를 만방에 알리고 있다. 우리 민족은 참 우수하다. 정명훈, 조수미, 장한나 등 세계적인 음악가도 많다. 이제는 우리나라에서 최고이면 곧 세계에서 최고 수준이다.

알고 보니 모테트합창단의 지휘자이신 박 교수님은 우리 세실리아 성가대의 지휘자 하 프란체스카 선생님의 제부*

ㅊ 되시는 분이어서 더욱 기뻤다. '왕대밭에 왕대 난다'는 옛
말을 실감하였다.

　세상의 많은 사과 중에서 청송에서 생산되는 꿀사과의 맛
이 으뜸이다. 산자 수려한 청송의 자연과 그 산하만큼이나
아름다운 농민들의 정성으로 탄생한 꿀사과의 맛이 일품이
듯이 모테트합창단이 창출한 천상의 소리는 지상에서 가장
아름다운 음악으로 나의 가슴을 울린다.

　우리 세실리아 성가대도 모테트합창단을 거울로 삼고 분
발한다면 보다 좋은 음악을 생산할 수 있으리라. 그리하여
많은 이들의 가슴에 굳은 신앙과 아름다운 예술혼을 불러
일으키기를 기대해본다. (2008)

토종 만세

가을이 무르익어 간다. 들판에는 황금빛 곡식들이 풍년을 기약한다. 산하의 수목들은 울긋불긋 단풍을 자랑한다. 구름 한 점 없는 하늘도 덩달아 푸르름을 자랑한다. 한국의 가을 하늘, 이미 세계적으로 정평이 나 있는 신의 작품이다.

기억도 새로운 88서울올림픽. 동방의 고요한 아침의 나라 코리아를 찾은 세계의 건각들은 우리의 가을 하늘을 보고 찬사를 아끼지 않았다고 한다. 기껏해야 연중 40일 정도의 맑은 하늘을 볼 수 있다는 영국인들. 그러기에 인사조차 굿모닝이다. 구름 가득 우중충한 하늘을 날마다 이고 살던 그들의 눈에 우리의 푸른 하늘이 얼마나 부러웠을까. 티 없는 가을 하늘 아래 익어가는 과일들은 또 얼마나 탐이 났을까. 말로만 듣던 코리아의 가을이 얼마나 부러웠기에 원더풀을 연발하였을까.

감이 익어간다. 짙푸른 가을 하늘 아래 자기 색깔을 자랑이나 하듯 탐스럽게 익어간다. 감이라면 김영 감이다. 어느 지역에서나 감나무가 있고, 가을이면 감이 익어가지만 감의 대표적 생산지는 역시 김영이다. 아니다. 청도 감이다. 씨 없는 청도 반시는 또 얼마나 유명한가. 청도에 가보라. 산하가 온통 감나무밭이다. 상주는 또 어찌하랴. 곶감으로 유명한 상주도 빼놓을 수 없는 감의 생산지다.

내 고향 의성도 감의 산지다. 타지역에 비해 대량으로 생산되지는 않지만 감 맛만은 대단하다. 내 소년기의 미각을 사로잡았던 추억 속의 감 맛을 떠올리면 지금도 군침이 돈다. 의성군 사곡면에 원산을 둔 속칭 숲실종이라고 일컫는 의성감은 사곡씨라는 이름으로 그 당시의 교과서인 실과책에도 명기될 만큼 우수 품종이었다. 생각하면 감에 얽힌 다양한 추억들이 마냥 그립고 애틋하다.

오늘날과 같이 단감이란 품종이 없었던 시절, 50년대의 감이란 홍시를 제외하고는 나무에서 그냥 따 먹을 수 있는 과일이 아니었다. 나무에서 갓 따낸 생감은 떫은맛 때문에 먹기가 거북하였다. 그래서 생감을 소금물 독에 여러 날 담가두어야 떫은맛이 제거되고 오늘날의 단감 같은 맛을 낼 수가 있었다. 그런데 '숲실종'은 생감이라도 떫은맛이 덜하고 담근 감처럼 달싹하며 씨도 없어 먹기가 좋았다.

외갓집 앞마당에 큰 감나무가 한 그루 있었다. 여름이면 넉넉한 그늘을 지어주어 우리의 놀이터가 되었고 가을이면 탐스럽게 주렁주렁 감을 달아 우리 형제들의 입을 즐겁게 해 주었다. 굵은 알에 감미가 넘치며 씨도 없었던 외갓집 감은 생감이라도 그냥 먹을 수 있었으니 아마 '숲실종' 중에서도 가장 우수한 품종이었을 것이다.

외갓집엔 우물 옆에 또 한 그루의 감나무가 있었다. 뾰죽하니 위로만 가지를 뻗던 그 나무는 길쭉한 열매를 달았는데 그걸 우리는 도감이라고 불렀다.

생감으로는 먹지 못할 정도로 떫었던 도감은 홍시가 되면 그 맛이 일품이었다. 큰 나무에서 나온 숲실종 단감에다가 뾰죽 나무 도감을 곁들여 감 맛을 즐기던 추억 속의 외갓집. 지금도 가을이면 고향이 그립고 외갓집이 그립고 감나무에 얽힌 추억들이 그립다.

    나주 배, 성주 참외, 경산 대추 등 이 땅의 도처에는 그 고장을 대표하는 명물이 많다. 어느 곳에나 배나무가 있고 배가 열리지만 나주 배만큼 맛있는 배를 찾기 어렵고, 여느 곳에나 참외밭이 있지만 성주 참외처럼 맛있는 참외 맛을 찾기가 힘들다. 예부터 그 고장의 토양에 따라 그 고장의 특산물이 배양되어 왔기 때문이다. 참으로 소중하고 보배스러운 명품이라 아니할 수 없다. 같은 배라도 나주 배임을 확인하고 먹으면 더 맛이 나고, 같은 참외라도 성주 참외인 줄 알고 먹으면 더 맛이 나는 것도 그 까닭이다. 오랜 세월 지녀 온 이름값이요, 선조들의 혼이 깃든 유산이기 때문이다.

    티 없이 푸른 우리의 가을 하늘이 지상 최고의 하늘빛이듯이 이 땅의 기백을 타고 생산되어지는 이른바 토종은 지상 최고의 명품이다. 세계에서 가장 귀한 고기 맛은 '한우'다. 어찌 한우뿐이랴. 한글, 한식, 한옥, 한복, 한과, 한지, 한류 등 '한' 자가 붙은 명제는 곧 지상 최고의 명품이다. 그러므로 우리나라는 토종 천국인 것이다.

지구상에서 가장 소중한 나라가 토종 천국인 우리나라이듯 지상에서 가장 애틋한 곳이 고향이다. 가을은 고향을 생각하게 하는 계절이다. 고향이 그립다. 청운의 꿈을 키우던 그 산하가 그립고 어울려 놀던 친구들이 그립다.

　매년 가을이면 이곳 포항에서도 의성농산물 판매행사가 열려 각종 토종들이 망향인의 가슴을 설레게 한다. 가을이면 더욱 그리워지는 고향. 깊어가는 가을만큼 고향을 향한 그리움도 깊어간다. (2020)

조사 弔辭

　사랑하는 이모님, 우리는 지금 당신과의 이별을 고하려고 이렇게 서 있습니다. 당신을 사랑하는 모든 이들이 사랑하는 당신과 헤어지려고 이렇게 모였습니다.

　나무는 새싹을 틔울 때부터 가을의 이별을 생각합니다. 사람의 생애도 처음부터 약속된 이별을 향하여 치닫습니다.

　우리에게 주어진 생명의 시간은 찰나에 불과합니다. 꽃이 피고 지는 것을 한 호흡이라 한다면 육십 갑자 우리들 인생도 한 호흡이요, 여름 하늘 별자리에서 떨어져 나온 별똥별 스쳐 지나가듯 짧은 순간이지만 그 찬란한 폭죽 같은 열정의 아름다움을 새기고 별빛처럼 반짝이던 당신의 생애를 기리며 작별의 인사를 올리고자 합니다.

선현들의 묘비명이 떠오릅니다. '필생즉사必生卽死 필사즉생必死卽生' 이순신 장군의 묘비명이 떠오릅니다. '이만하면 됐다Es ist gud' 철학자 칸트의 묘비명도 떠오릅니다. '이슬처럼 왔다가 이슬처럼 사라지는 인생. 봄날의 꿈만 같구나'던 도요토미 히데요시, '나는 섬김을 받으러 이 땅에 온 것이 아니라 섬기러 왔습니다'던 레베카 아펜셀라, '다시 인생을 살더라도 내가 걸어온 그 길을 똑같이 걸을 것이다'던 윈스턴 처칠의 묘비명도 떠오릅니다.

나의 이모님은 민족의 격동기에 이 땅에 오시어 일제시대, 냉전시대를 거치면서 숱한 어려움을 극복하고 한 사람의 여성이며 어머니요, 시민이며 공직자요, 또한 하느님의 자녀로서 훌륭한 삶을 살아오신 분이시기에 당신을 흠모하고 남기신 뜻을 우리들 가슴에 간직하고자 합니다.

하느님께서 자기의 사랑을 대행할 사람을 만드셨나니 우리는 그를 불러 어머니라 칭합니다. 당신은 훌륭한 어머니였습니다. 자녀를 훌륭히 키워 그로 하여금 하느님 말씀을 증거토록 길러놓으신 당신은 누구보다도 존경받을 어머니로서 하느님 뜻에 합당하는 어머니상像을 남기셨습니다.

당신은 한 사람의 공인으로서 국가와 민족을 위한 공직의 임무를 충실하게 수행하였습니다. 필재가 유난히 뛰어났던 당신은 수십 년간의 공직 생활을 통하여 선공후사의 자세로 주어진 임무에 충실하였습니다. 불편한 몸을 이끌고도 창의와 근면, 책임과 봉사로 공무를 수행, 내무부 장관 표창, 경기 도지사 표창을 여러 번 수상한 모범 공무원이셨습니다.

이성과 감성이 조화로웠던 분, 천성이 유난히 착하고 아름다운 심성을 지녔던 당신은 친족 간의 화목을 주도하였고 이웃의 불행을 눈여겨 살피셨으니 참다운 신앙인이요, 넉넉한 시민이었습니다.

종은 스스로의 아픔으로 영혼의 소리를 만들어 멀리멀리 퍼지게 하듯이 당신은 사랑을 몸으로 실천하였습니다. '내가 하느님의 말씀을 받아 전할 수 있다 하더라도, 온갖 신비를 꿰뚫어 보는 지식을 가졌다 하더라도, 산을 옮길 만한 믿음을 가졌다 하더라도 사랑 없으면 나는 아무것도 아닙니다.'라고 말씀하신 바오로 사도의 교훈을 몸소 실천하셨습니다.

하루도 새벽기도를 거르지 않고 신앙의 열정을 불태웠던 당신, 교회에서는 권사로서의 직분에 충실하신 당신, 삶이 다하는 날까지 기도와 학습과 찬양을 게을리하지 않았던 당신의 믿음을 하느님께서 어여삐 기억하실 것이며 수년간을 두고 작성한 '김상철 목사님의 설교문 기록장'은 우리 교회사에 아름다운 문화유산으로 길이 남을 것입니다.

사랑하는 이모님, 당신의 소천은 하늘이 무너지는 슬픔이었습니다. 태산 같은 은혜를 입고 티끌만 한 보답도 못 드린 소생의 입으로 이별을 고하자니 가슴이 천 갈래로 찢어집니다. 생전에 못다 한 도리를 사후에 깨달으니 서럽고 죄송함이 하늘에 사무칩니다.

지나 온 세월들이 파노라마처럼 흘러갑니다. 격정의 장면들이 물결칩니다.

6.25 동란으로 혈육이 찢기고 갈리던 격동의 세월, 일차적 해결이 어려워 소용돌이치던 그 시절을 기억합니다. 어린 피붙이들을 위하여 겨울이면 따스한 아랫목을 내어 주시고 여름이면 시원한 들마루를 내어주시던 이모님, 새끼

제비처럼 입을 다물지 못하던 저희 남매를 행주치마 폭으로 감싸 안고 눈물짓던 당신의 사랑이 가슴에 저며 옵니다.

잎새에 쌓인 먼지들이 비에 씻겨 윤기가 나듯 사랑은 그렇게 우리들의 영혼을 투명한 숨결로 살아나게 합니다. 그리움이 많은 사람, 그리워할 것이 많던 사람, 가슴이 따뜻한 사람, 내 마음 끝까지 신앙의 물꼬를 틔어준 사람, 내 이웃을 사랑하고 하늘을 경외한 사람, 인륜의 도리와 하늘에 이르는 길을 일깨워 준 당신. 아! 사랑을 가르쳐주고 먼 길 떠나시는 나의 이모님, 당신을 영원히 사랑합니다.

기도드립니다. 아! 하느님, 신은 인간을 일으켜 세우기 위해 넘어뜨리는 줄 아옵니다. 당신만을 믿고 당신을 찬양하던 당신의 딸을 지켜주소서. 그의 영혼을 영원의 안식처로 인도하소서. 당신은 드높은 산, 내가 그 안에 흐르는 맑은 시냇물이 아니거든 당신을 사랑한다는 말을 하지 않게 하소서. 감사하게 하소서. 세상 가장 낮은 곳이 빛의 고향인 것을. 아, 그 낮은 곳에 머물면서 무릎 꿇고 엎디어 눈물로 감사의 기도를 올리게 하소서.

사랑하는 이모님, 시시각각으로 이별의 시점이 다가옵니

다. 당신을 흠모하는 시구가 가슴에 흘러내립니다. 국민 시인 천상병 님의 '귀천'도 들려옵니다.

나 하늘로 돌아가리라. 새벽빛 와닿으면 스러지는 이슬 더불어 손에 손을 잡고. 나 하늘로 돌아가리라. 노을빛 함께 단둘이서 기슭에서 놀다가 구름이 손짓하면. 나 하늘로 돌아가리라. 아름다운 이 세상 소풍 끝내는 날, 가서 아름다웠더라고 조용히 말하리라.

이제 작별의 인사를 매듭짓겠습니다. 겸허하게 아름답게 이 세상 살다가 하늘로 돌아가시는 이모님, 당신 가시는 그 길에 하느님 축복이 영원하시기를 기원합니다. 속세의 무거운 짐 내려놓으시고 축복 속의 하늘나라에서 편히 쉬기 바랍니다. 아! 하느님 감사합니다. 어리석은 종을 이렇게 성스러운 자리에서 조사弔辭를 할 수 있도록 기회와 영광을 허락하신 당신의 은혜에 무한 감사드립니다. 이 모든 것을 영원한 사랑의 주 그리스도의 십자가 공로를 의지하옵고 간절히 기도드립니다. 아멘. (2011)

손에 손잡고

기억도 새로운 88 서울 올림픽. 동서양의 건각들이 다 모여 미와 힘을 겨루던 유사 이래 가장 큰 인류의 제전이었다. 그때의 올림픽 주제가 '손에 손잡고'였다. 손에 손잡고 벽을 넘어서 우리 사는 세상 밝혀보자던 가사가 떠오른다. 흰둥이, 검둥이, 누런둥이 할 것 없이 어우러져 손잡고 경기장을 누비던 폐회식의 장면이 눈에 선하다.

신체의 일부분인 손. 손은 얼마나 중요할까. 손을 잡는 의미는 무엇이며 왜 손을 잡게 되는 것일까.

손이 없는 동물들은 의사 표시를 꼬리나 발로 할 수밖에 없다. 네 발 달린 짐승들은 치고, 받고, 기어오르고, 어루만지고, 긁는 동작들을 발로 하게 되니 앞발이 사람의 손을 대행하게 되지만 두 발 달린 동물들은 입이나 고개의 움직임을 통하여 손의 역할을 하게 된다. 고등동물인 사람은 손으로 일을 한다. 의사 표시나 본능적인 신체활동은 물론, 연모를 만들어 사용함으로써 생산적 활동이 모두 손끝에서 이루어진다.

　하던 일을 멈추는 것을 손을 놓는다고 한다. 어떤 일과의 인연을 단절했을 때도 손 씻었다거나, 손 뗐다고 한다. 큰손, 작은 손, 깨끗한 손, 더러운 손 등으로 사람의 마음과 능력을 손으로 평가하기도 한다. 사람의 역할과 가치가 손으로 나타나니 손은 곧 사람의 삶을 결정하는 셈이다.

　손금을 보고 그 사람의 운명을 점친다. 수지침으로 전신의 병을 고친다. 손오공이 삼라만상을 활개 치고 다녔어도 부처님 손바닥 안에 있었다고 하니 손바닥 안에 우주 만물의 원리가 들어있다는 뜻이 아닐까.

　어느 것 하나 깨물어 아프지 않은 손가락 없다. 손가락을 비교할 때 어느 것이 더 우선하지도 않는다. 길고 짧은 다섯이 어우러져 조화를 이룬다. 긴 것은 긴 대로 짧은 것은 짧은 대로의 역할과 기능으로 그 존재 가치를 지닌다. 세상에 존재하는 모든 이가 공정하며 저마다의 가치를 지닌다. '오른손이 하는 일을 왼손이 모르게 하라' 제 몫에 충실하되 드러내는 것보다 감추는 것이 미덕임을 가르쳐준 성서의 말씀이다.

손이 깨끗해야 한다. 어느 해 여름, 눈병이 한창 유행하였다. 방역 당국에서 대처요령을 홍보하는데 손을 깨끗이 씻으라는 당부였다. 눈이 아픈데 왜 손을 씻으라고 할까 하고 의아해한 적이 있었다. 모든 병의 바이러스가 손끝에서 전염되는 지극히 평범한 상식을 몰랐으니… 눈병이 안 난 게 다행이었다.

손이 깨끗해야 함이 비단 바이러스 때문일까. 애정의 징표도 손안에 있고 증오의 질책도 손끝으로 나타난다. 남녀가 백년가약 하면서 주고받는 반지는 일생을 손에서 보존케 된다. 백 사람에게 손가락질을 받게 되면 병에 걸리지 않아도 죽고 만다 하니 곧 지탄指彈의 어원인 것이다.

전쟁도 평화도 손끝에서 시작된다. 단추 하나를 잘못 누르면 인류의 평화를 위해 만들어진 첨단 무기가 멸망을 가져오게 된다. 합장하여 기원하는 손길에는 사랑과 평화가 머물고 성직자의 안수를 통하여 하늘의 은총이 중생들에게

임하게 된다.

악수. 검劍이나 총銃을 사용하는 오른손을 잡음으로써 상대에게 적의가 없음을 나타내는 데서 연유한 서양식 인사 예법이다. 엎드려서 절을 하거나 전신을 굽혀서 예를 표시하는 우리의 전통예절에 비해 훨씬 실용적이다. 그러나 손을 잡아야만, 그것도 오른손을 꼭 잡아야만 상호 간에 안심할 수 있었을 만큼 살벌하고 무례하였음을 짐작할 수도 있다.

남북의 정상이 손을 잡기까지는 반세기의 세월이 걸렸다. 평양 공항에서 남북의 정상이 두 손을 꼭 잡고 놓을 줄 모르던 2000년의 감격이 엊그제 같은데 그 손을 놓아버린 이후부터는 떨떠름한 불신과 상처들이 다시금 쌓이고 있다. 손을 잡기도 잘해야겠지만 놓기도 잘해야겠다.

손을 잡기도 잘하고 놓기도 잘하는 사람들이 또 있다. 선거철이면 이들의 움직임이 더욱 활발하다. 이름하여 정치인이라 일컫는 모리배다. 이利를 위해서는 수십 년 쌓아 온 정분도 쉬이 버리는가 하면 오랫동안 돌아섰던 이들과도 가볍게 손을 잡는다. 손바닥 뒤집듯 한다는 그 손을 치켜들어 국리와 민복을 책임지겠다고 떠들어댄다. 스스로도 뻔한 거짓인 줄 알고 있을 이들이 제 손바닥을 들여다본다면 그 속마음이 어떠할까.

진정으로 손을 잡는다는 것이 참으로 쉽고도 어려운 일인가 보다. 죽음 앞에서도 놓지 못하는 손이 있는가 하면 몇 점의 이득 앞에서도 오랜 세월 지녀 온 인연을 놓아버리는 손도 있다. 아름다운 세상을 꿈꾸는 이들, 소중한 인연을 가꾸고자 노력하는 이들. 큰 손, 착한 손, 깨끗한 손, 그리고 부지런한, 좋은 손들을 보고 싶다.

오륜의 깃발 아래 인종, 종교, 사상, 빈부를 초월하여 인류가 화합했던 88올림픽. 그날의 감격을 회상하며 우리 모두 두 손을 내밀어 보자. 마음의 문 활짝 열어 이웃과 함께, 친지와 함께 손에 손잡고 살기 좋은 나라, 평화로운 세상을 이루어 보자. (2013)

서 일병 만담

서 일병 이야기로 세상이 시끄럽다. 지난 1월에 발단한 서 일병의 화제가 봄여름을 다 넘기면서도 그침이 없이 사람들의 입방아를 찧게 하고 있다.

'서 일병' 지난 세월의 어느 시점에 내게도 붙여진 호칭이다. 나는 8개월간 서 일병의 신분으로 살아왔다. 요즈음 세상을 시끄럽게 하는 서 일병 소식을 들으면서 지난날 내게도 부과되었던 서 일병으로서의 삶의 편린들을 기억해 본다.

군모와 상의의 가슴팍에 부착한 작대기 두 개의 계급장이 서 일병으로서의 삶을 감당해야 할 숙명의 메시지였다. 남 보기엔 하찮은 계급장이지만 내겐 그 작대기 두 개가 얼마나 두꺼웠는지 모른다. 이등병에서 일등병으로 계급장을 바꿔 달던 그날 모자의 무게가 한없이 묵직하게 느껴졌다. 나는 이 계급장을 달고 대전시에 있는 육군병원에서 내게 주어진 병역의 의무를 수행하고 있었다.

생각하면 아득하니 지난날. 다시금 돌이켜 보는 서 일병으로서의 8개월은 실로 애틋한 추억이 아닐 수 없다. 나의 몸을 내 맘대로 할 수 없었던, 오로지 명령을 접수하고 임무를 수행하는 것이 나의 일과였다. 기상나팔 소리로부터 시작하여 취침 나팔에 이르는 전 일과가 긴장의 연속이었고 끝내는 국가와 국민을 위한 충성이라는 과제의 수행으로 24시간이 모자랐던 시절이었다.

생각하면 더욱 설레는 휴가 기간. 한없이 묵직한 계급장을 달고 고향 앞으로 나설 때 그토록 가벼웠던 발걸음의 감촉을 어떻게 설명할 수 있을까? 천 리 길을 달려 고향 땅을 들어서니, 소꿉놀이하던 꼬마들이 따라오면서 "몇 병이껴?"를 외쳤다. 지난번 귀향 때에는 한 개였던 작대기가 이번엔 두 개로 되었으니 작대기 한 개가 일병인지 두 개가 일병인지 분간이 안 되는 아이들이었기에 연거푸 "몇 병이껴?"를 외쳐대며 따라오는 것이었다.

종일토록 몇 차례나 차를 바꿔 달려야 하는 귀대 날의 눈물겨운 풍경은 또 어떻게 설명하랴! '어느 곳에 사람은 없고 군인만 몇 명 보이더라'는 표현이 일반적이었던 시절이었기에 군용 칸이 따로 있는 '서울 가는 12열차'를 타고 귀대하였다. 대구역에서 오후 6시에 출발하는 이 열차를 타야 밤 12시 전에 귀대할 수 있었다.

12열차의 군용 칸에 짐짝처럼 실려 대전역에 당도. 시내버스로 달려 간신히 귀대 보고를 마치고 잠자리에 들 때면 '뚜우' 하니 호남선 열차의 기적 소리가 들려왔다. 당시 유행하던 '대전 블루스'의 가사에 나오는 '대전발 0시 50분'의 열차 소리였다. '잘 있거라 나는 간다, 이별의 말도 없이'로 시작하는 이 노래는 일등병들의 향수와 애환을 싣고 많은 이들의 가슴을 쓸어내렸다. 지금도 눈을 감으며 아득한 추억과 함께 그날의 가락들이 떠오른다. '아, 붙잡아도 뿌리치는 목포행 완행열차.'

몇 달을 두고 온 나라를 뜨겁게 달구어 온 서 일병 사건의 발단도 휴가문제였다. 서 일병이 현역이던 2년 전의 어느 날, 두 차례의 병가에 이어 주어진 또 한 차례의 연가 절차를 두고 합법이냐 불법이냐 특혜냐 아니냐의 시비가 끝없이 이어지고 있다. 현역병에게서 휴가란 전역 다음으로 주요한 행위다. 그러므로 그 방법과 시행절차가 공정하고 엄격해야 한다. 그러기에 이 문제가 온 국민의 귀를 쫑긋 세우게 한다. 게다가 20일이 넘는, 군인으로서는 짧지 않은 기간의 휴가에다가 명령 절차도 대면이 아닌 전화로 이루어진 이례적 사건이기에 국민들 관심이 더욱 뜨겁다.

국회에서, 검찰에서, 매스컴에서 진위를 가리는 입씨름이 수없이 오가는 장면들을 보면서 묵과할 수 없는 현상이 가슴을 짓누른다. 왜 사건의 주인공인 서 일병의 해명은 없고 오로지 주변 사람들의 말들만 무성한가? 사건 당일에 통화한 당직 사병과의 대화도 부정한 채 언제까지 어머니의 뒤에 숨어만 있을 것인가.

20대 후반의 대한민국의 사나이라면 제 얼굴에 책임을 질 수 있는 나이가 아닌가? 더욱이 고등교육을 받고 외국 유학까지 한 엘리트로서 자아는 물론 국가와 민족의 진로까지 헤아려야 하는 지성인이 아닌가!

소위 장관이라고 하는 그의 어머니도 가관이다. 아들의 신상을 위해 자기의 보좌관을 통하여 군 관계자에게 통화

한 정황과 증거가 있음에도 불구하고 지시한 사실이 없다는 거짓말을 공식 석상에서 무려 27회나 반복하고 있다. 또한, 공인의 아들이었기에 신체적 상황이 현역병에 해당하지 않음에도 불구하고 현역병에 지원하였다며 마치 스스로 노블레스 오블리주noblesse oblige의 실천자인 양 발언하여 국민을 아연실색하게 한다.

고위층 지도자들의 도덕적 의무 내지 상생의 정신을 일컫는 노블레스 오블리주 정신은 오늘날 미·영·불을 비롯한 선진제국 발전의 근간이 되고 있다. 2차대전 때 미국 대통령의 아들 제임스 루스벨트는 지휘관들의 만류에도 불구하고 대일 특공작전에 참여하여 승리를 거두었다. 6.25전쟁 시 미8군 사령관이었던 벤 플리트 장군은 야간 폭격기 조종사로 작전 수행 중 행방불명이 된 외아들의 소식을 듣고도 '모든 병사들이 최전선에서 죽음과 싸우고 있는 상황에서 내 아들이라고 특별한 대우를 할 수는 없다.'라며 수색 작전을 중지시킨 사례도 있다.

"전화번호는 가르쳐주었지만 지시는 안 했다."라는 궤변으로 세간에 "술은 마셔도 음주운전은 안 했다."라는 유행어를 만들어 낸 파렴치한 어머니, 옛 전우와의 통화 사실조차 숨기고 어머니 뒤에 숨어버린 졸장부 서 일병은 우리들을 한없이 슬프게 한다. 필부의 자식으로 태어나 이 나라를 지키며 꿋꿋하게 살아가는 젊은이들을 한없이 분노케 한다. 그 장병들을 낳아서 키운 이 땅의 어머니들을 한없이 허탈하게 한다. (2020)

니는 뭐 했노

　지난밤 꿈에 오상탁을 만났다. 상탁이는 꿈 많던 학창시절의 한때 무던히 붙어 다녔던 친구다.

　귀골스런 얼굴에 말이 적었던 상탁이는 근면 성실한 학생으로서 제반 학업에도 우수하였고 특히 필재가 뛰어났었다. 그의 용모만큼이나 탁월했던 경필 재주를 인정받아 교내 신문사에 초청되기도 하였다. 상탁의 고운 글씨가 등사판에 찍혀 교내 신문에 나올 때면 우리는 경이로움으로 돌려보고 찬사를 아끼지 않았다.

　수업이 파하면 우리는 약속이나 한 듯 교내의 탄지 연못가에서 만났다. 6.25동란 당시 떨어진 폭탄 구덩이를 연못으로 조성하였다 하여 그 이름이 탄지彈池였다. 등하교 시간이나 바쁠 때는 교문 앞 은행나무 밑에서 만나기도 하였으니 탄지와 은행나무는 우리 둘의 아지트였다고 할 수 있다.

그의 자취방에 들러 반찬 없는 밥을 나누어 먹던 추억도 선하고 그의 고향 집을 향하여 꼬불꼬불 산 고갯길 몇십 리를 동행하던 추억도 새롭다.

안동군 일직면 평팔동이 그의 집이었다. 이름만으로도 산골이 연상되는 평팔동은 기차역에 내려서 철길을 건너고 다시금 몇 등성이의 고개를 넘어서야 도달할 수 있는 곳으로 해주 오씨 일문이 어울려 조성한 시골 마을이었다.

한 사람 입이 어려웠던 시절, 아들 친구라며 방문한 불청객(?)을 그의 부모님들은 자별하고 정중하게 맞아주셨다. 학생 신분의 내객에 대한 언사도 항상 진중하셨으니 몸에 밴 양반의 언행이었다고 기억된다. 말끝에 꼭 "하는가?"라고 물으시던 말씀이 오랜 세월 흐르도록 잊혀지지 않음은 어린 가슴에도 진한 감회로 남았기 때문이었다.

우리는 소를 몰고 산등성이를 오르내리며 풀을 뜯어 먹이기도 하였고 소풀을 뜯어 꼴망태를 채우기도 하였다. 산 중턱의 잔디밭에 앉아 푸른 하늘 흰 구름 바라보며 이런저런 정담을 나누었다. 그가 들려주던 마을의 전설들이 꿈속인 양 아득히 들려온다.

재학 중의 우수한 성적에 힘입어 상탁인 서울로 진출하였다. 그의 서울 발령은 센세이션을 일으켰다. 당시에 사대문 안에서 가장 선망지였던 D 학교에 발령되었기 때문이었다. 서울의 사정을 전혀 몰랐던 그가 어디를 희망하느냐는 인사 담당자와의 면담에서 청량리역 가까이 희망한다고 대답하였다. 왜 청량리역 가까이냐는 반문에 고향 가까운 곳이기 때문이라고 대답하여 큰 웃음이 터졌다고 한다. 서울 사람들에게 웃음 폭탄을 선사하고 출발한 촌뜨기지만 신언서판이 출중한 그의 서울 진출은 사필귀정이었고 하느님의 묘수였다는 것이 나의 생각이다.

이렇게 서울에 진출한 그는 경쟁이 치열한 중앙 무대에서 장학관까지 지내고 교육계에선 모르는 이 없을 정도로 알찬 공직을 마무리하였다. 그런데 자랑스러운 친구 상탁이는 이제 세상에 없다. 그가 이 세상을 작별한 지도 어언 몇 년이 흘렀다. 백세인생 시대의 아쉬움과 미인박명의 의미가 교차할 뿐이다.

아내가 길에서 돈을 주웠다. 아침 산책길에서의 일이다. 꼬기꼬기 접힌 오만 원권 지폐였다. 어느 할머니의 아끼던 용돈이었거나 어느 학생의 소중한 재산(?)이었는지 모를 일이다. 아내가 돈을 줍기도 처음이니 지극히 이례적 사건이 아닐 수 없다.

그러나 주인을 찾아 줄 수도 없고 파출소에 신고해보았자 번거로울 뿐이다. 아내가 그걸 내 손에 쥐여주었다. 행운의 기념으로 내게 주겠으니 그걸로 점심을 사달라는 것이었다. 산책길 내내 머리가 어지러웠다.

은행 문 열자마자 달려가 만 원짜리 신권 다섯 장으로 바꾸어 아내에게 내놓았다. 그리고 성당에 봉헌하기를 권유하였다. 나의 제의에 아내도 동의하며 돈을 잃은 이를 위하여 기도하기를 다짐하는 것이었다.

상탁이와 나눈 꿈속의 대화는 모두 잊어먹고 내게 남긴 그의 마지막 한마디만이 떠오른다. 모습은 선한데 기억에 남는 말은 딱 한마디다. 이런저런 말끝에 "니는 뭐 해놨노?"라고 물었다. 나의 지난 생애의 성찰을 촉구하는 것 같았다. 그의 진지한 질문에 결코 알찬 삶을 살아왔노라고 자신할 수 없어 망설였다. 그러곤 궁여지책으로 책 몇 권 내었노라 대답하려고 '책' 하는 순간에 그의 모습이 사라졌고 우리는 다시금 긴 이별을 맞이하였다.

아내가 돈을 주운 사실과 상탁의 출현도 우연이 아닐 것이다. 그는 아내에게도 오만 원짜리 지폐에 새겨진 사임당처럼 훌륭한 삶을 살라는 메시지를 전하기 위하여 나타났을 것이다.

그립고 보고 싶고 고맙다 상탁아. 우리 다시 만날 날을 기약하자. 네가 머문 그 나라에 탄지 연못과 명륜 은행나무가 있다면 우린 필연코 다시 만나 이승에서 못다 나눈 뜨거운 우정을 나눌 것이다. (2017)

발자국

'최후의 승리는 보병의 차지다.' 군에서 많이 들어본 말이다. 포병이 포사격으로 공격을 시도하고 기갑부대가 진격하여 적진을 유린하여도 마지막으로 적진을 점령하는 것은 소총으로 무장한 보병 부대의 몫이다. 보병이 적진에 침투하여야 승리를 차지하니 아무리 우수한 화기가 작렬해도 승리는 결국 인간의 발이 닿음으로써 결정된다는 뜻이다.

1969년 7월 21일, 닐 암스트롱이라는 미국의 우주인이 처음으로 달에 발을 디디게 되었다. 이 사실을 근거로 하여 '인간이 달을 정복했다'고 한다.

위인들의 일생을 이야기할 때 '훌륭한 족적을 남겼다'고

하니 인간의 공적도 발이 결정한다. 어디에, 어떻게, 어떤 모양의 발자국을 남기느냐에 따라 삶이 평가되는 것이다.

예수께서는 처형되기 전날 밤에 제자들의 발을 씻겨 주셨다. 내가 너를 씻어주지 않는다면 너는 나와 함께한 몫을 차지하지 못하리라고 하시며, 내가 너희를 사랑하였듯이 너희도 서로 사랑하라는 새 계명을 주셨다. 발을 씻어주심은 곧 가장 진한 사랑의 표시다. 이런 관점에서 보면 발은 신체 부위 중에서 가장 중요한 부분이 아닐까. 예수께서 머리를 감겨 주셨다거나 손을 씻겨주셨다는 말은 없으니.

'발로서 뛰어라'고 한다. 생각만 하는 머리와 지껄이는 입만으로는 믿지 못하겠다는 뜻이기도 하며 발이면 신임하겠다는 의미이니 발은 곧 행동이요 실천의 동의어가 된다.

'발목을 잡힌다'고 한다. 꼼짝없이 당한다는 뜻이다. 실지로 씨름을 해보면 발목만 잡히면 영락없이 넘어가게 된다. 신체의 중요한 요충지인 셈이다.

한 발 안에 진과 퇴의 기능을 보유하고 있다. 발의 앞부분은 몸이 나아가게 하는 기능을 지녔다면 뒷부분은 몸을 정지하게 하는 기능을 지녔다. 가속페달과 브레이크를 동시에 장착하고 있는 셈이다. 그러므로 들여놓을 데인가 아닌가, 나아갈 길인가 물러설 길인가를 가려서 하는 기능을 보유하고 있다.

'발에 때만큼도 여기지 않는다'는 말도 있다. 하찮게 생각한다는 뜻이니 이 경우의 발은 천덕꾸러기가 된다. 발은 신체의 최하위에 위치하여 온몸을 이끌고 다녀야 하는 역할을 한다. 제 역에 충실하다 보면 늘 바쁘고 피로에 지치게 된다. 그러니 항상 단정할 수가 없고 지저분한 모습을 지니기 마련이기에 나온 말이다. 발이 편해야, 발이 따뜻해야 잠자리가 편하다던 옛 어른들의 말씀은 부지런하고 바쁜 발이 제 역할에 충실할 수 있도록 보호하라는 교훈이리라.

사람의 발이 머무는 곳에 길이 생긴다. 길이란 원래부터 있었던 것이 아니다. 사람의 발길이 새로운 길을 만드는 것이다. 그러므로 있을 수도 있고 없을 수도 있는 것이 길이다. 길이 필요한 사람, 길을 만드는 사람에겐 길이 존재하고 그렇지 않은 사람에겐 길이란 존재하질 않는다.

존재하는 모든 길이 다 좋은 길은 아니다. 사람의 발에 따라 정해지는 길이기 때문이다. 좋은 길, 나쁜 길, 이로운 길, 해로운 길은 어떤 사람, 어떤 발인가에 따라 정해진다. 눈덮인 벌판을 지나가면 발자국이 생긴다. 앞서 지나간 발자국을 밟고 뒤의 사람이 지나가야 하므로 앞선 이의 발자국은 참으로 중요하다. 서산대사의 가르침이다.

만추의 계절 11월이다. 길가의 은행나무 잎이 노랗게 익어 가을의 깊이를 알려준다. 이 달이 지나가면 달력이 달랑 한 장 남게 된다. 우리는 한 해를 보내고 또 새로운 해를 맞이하게 된다. 지난해에 나는 어떤 발자국을 남겼는지 되돌아보고 다가오는 해에는 또 어떤 모습으로 살아갈 것인가를 생각해 볼 때이다.

인간의 발길이 닿아야 승리도, 정복도 이루어지며 삶의 모습이 발자취에 따라 이루어진다고 보면 한 해가 저무는 시점에 나의 발자국이 어떤 모습일까, 깊이 생각해 볼 일이다. (2019)

행간의 오류들

　의식이 시작되었다. 사회자의 현란한 멘트가 불을 뿜는
다. 국민의례와 경과보고에 이어 시상이 진행되는 시간이
다. 표창장이랑 감사장이 수여될 모양이다. '호명하신 분들
은 단상으로 오르시기 바랍니다.' 사회자는 큰 소리로 호명
하고 예정된 수상자들은 차례대로 단상에 오른다. 우렁찬
박수 소리 속에 시상이 이루어지고 희색이 만면한 수상자
들은 단상을 내려온다. 그러고는 후속 절차가 이어진다. 아
무런 하자도 없었다는 듯.

　'호명하신 분들'이라면 누구를 지칭하는 말인가. 자신의
행위에 '호명하신'으로 정중하게 존대어를 바치고 점잖게

후속 절차를 진행하는 사회자. 의식 장소에서 흔히 볼 수 있는 장면이다.

일상생활에서나 방송에서나 '안녕하십니까?'라는 인사말을 듣기가 쉽지 않다. 출근길이나 등산길에서 만나 반갑게 나누는 인사말도 열에 열 사람이 '안녕하세요?'이다. '안녕하세요?'는 편의상 하는 인사지 정중한 인사말이 아니다. 가끔 내게 '안녕하세요?'라는 이를 향해 일부러 큰 소리로 '예, 안녕하십니까?'라며 '까' 자에 악센트까지 주어 답례를 해보곤 하지만 나의 의도를 알아주는 것 같지 않다.

'무엇입니까?'라는 의문문에 주어진 응답이 '무엇입니다.'라는 긍정문이거나 '무엇이 아닙니다.'라는 부정문이다. 이는 국어의 가장 기본적 문체 내지 대화체이며 상태에 따라 가볍게 어미를 '~요'로 대신할 수도 있다. 이를 모르는 이가 없거늘 일상용어에 '~까'나 '~다'는 사라지고 오로지 '~요'가 판을 치는 세상이다. 방송 상황에서는 더욱 그렇다. 오세요, 가세요, 좋아요, 기뻐요, 긍정문도 부정문도 의문문도 모두가 '~요' 일색이다. 질문도 '~요' 응답도 '~요'다. 어디서나 어느 때나, 어른에게나 아이에게나 오로지 '~요'로 시작하여 '~요'로 끝을 맺는다.

"한국어는 요 자 천국"이라던 어느 외래인의 소감이 무색하다. 외래인의 귀에도 부자연스럽게 들렸다면 이는 심각한 단계이다. 그 대상이 누구든 장소가 어디든 상관치 않고 지껄이는 '~요'는 우리말이 가지는 고유의 품위를 훼손케 하니 병으로 치면 중증인 것이다.

경우에 따른 예화를 소개할 때가 있다. 누구의 경우는 어떠한 데 비해 나의 경우는 이러하다는 내용으로 독특한 상황 설명이 필요한 경우이다. 그런데 평범한 이야기도 꼭 경우를 들먹이는 이를 볼 수 있다. 누가 무엇을 했다거나 나는 이렇게 생각한다는 단순 서술도 '누구의 경우는 무엇을 했다'거나 '나 같은 경우는 이렇게 생각한다'라며 경우를 즐겨 쓴다. '나는 집에서 잔다'고 하면 될 것을 '나의 경우에 잠이 오는 경우에는 꼭 집에서 잠을 자야 한다'라고 하면 경우를 바르게 쓰는 걸까 오용하는 걸까.

강의나 연설을 할 때 어두나 어간에 '에'나 '음' 등의 무의미한 접속어를 사용하는 경우를 본다. 생각을 깊게 하느라 표출되는 경우도 있고, 표현의 신중을 기하거나 무게를 잡기 위한 의도일 수도 있지만 자신도 모르게 튀어나오는 습관성인 경우가 많다.

강의를 시작하면서 대뜸 '에' 하는 사람은 어떤 사람으로 분류될까? '에' 하고 한참 생각한 후에 '안녕하십니까?'라고 그냥 인사하는 사람은 어떤 사람으로 봐야 할까. 신중한 사람일까. 머리가 빈 사람일까.

'무엇을 하겠습니다'고 하면 될 것을 '무엇을 하도록 하겠습니다'라고 거들먹거리는 이를 본다. '지금부터 개회식을 시작하겠습니다'를 '지금부터 개회식을 시작하도록 하겠습니다'라고 해야 직성이 풀리는 사람이다. '~것 같다'는 확신이 서지 않을 때, 두리뭉실 넘어갈 때, 모호한 감정일 때의 표현이다. 그런데 문장 서술, 강의나 연설, 대화의 장면에서 습관적으로 '~것 같다'고 표현하는 이도 있다. 심지어 쾌청한 일기의 표현도 오늘은 '날씨가 좋은 것 같다'고 하는 이도 있다. 쾌청한 날의 표현은 '오늘은 날씨가 좋다'지 '오늘은 날씨가 좋은 것 같다'가 아니다. 슬픔, 기쁨, 어려움, 아름다움을 표현함에 슬픈 것 같거나 아름다운 것 같다면 바른 표현이 아니다.

나는 주차하는 데 유난히 신경을 쓴다. 자연히 주차 시간이 길어져 동행하는 아내의 핀잔을 자주 듣는다. 대충 주차하면 될 것을 시시콜콜한 부분까지 헤아린다는 지적이다.

잔소릴 들을 만하다고 자인하지만 그래도 차를 온전한 곳에 세워두어야 마음이 편하다.

　말도 글도 대충 뜻이 통하면 될 것을 시시콜콜 따진다고 아내는 분명 핀잔을 줄 것이다. 그래도 어쩌랴, 말과 글에서 빚어지는 행간의 오류들이 내 귀에는 딱지 되어 떨어지지 않는 것을. 그냥 흘려버리려고 생각하면 더욱 귀에 와닿는 듣기 싫은 음악처럼. (2011)

지금

관광지에서 즉석 사진을 찍어 판매한다. 어느 단체의 여행길에서 한 사람이 자기 사진을 보더니 얼굴을 찌푸린다. 너무 늙어 보인다는 것이었다. 일행이 덩달아 사진 찍기를 주저하는데 유독 한 친구가 나서더니 자기는 기꺼이 사진을 찍겠다고 했다. 이유인즉 지금이 남은 생애에서 가장 젊은 모습이 되기 때문이라는 것이었다. 잠시 후 모든 일행이 약속이나 한 듯 따라서 즉석 사진을 찍었다.

저렇게 많은 연세 되면 무슨 재미로 세상을 살까? 내 나이 이십대에 사십대의 선배들을 향하여 가져보았던 생각이다. 지금은 그 사십대를 부러워하는 나이가 되었다. 그래도 사십대가 이해할 수 없는 나름대로의 재미로 살아가고 있다.

예전에 같은 직장에서 근무했던 친구들을 가끔 만난다. 지난 일을 떠올리며 그때가 가장 재미있었노라고 말한다. 다른 사람들도 다 자기가 근무했던 시점을 기준으로 그때가 가장 좋았노라고 할 것이 아닌가.

아이들이 성장하면서 가져 본 희열의 절정감은 어느 순간일까. 그것도 마찬가지다. 어느 시점 가릴 것 없이 딱 찍어 생각하는 그 순간의 장면에서 공히 절정감을 느끼게 된다. 때론 유치원 발표회 때인 것도 같고 때론 고등학교 제복을 입혀본 순간인 것도 같고 학사모 쓰던 순간인 것도 같고 혼인식장에서 행복의 극치를 느낀 것도 같다. 열 살짜리 우리 손녀, 그가 자라 온 날들을 생각하면 어느 때고 짜릿하지 않는 순간이 없다.

소년기, 청년기, 장년기, 노년기 등으로 구별되는 삶의 장면들을 음미해 봐도 그렇다. 어느 시기 할 것 없이 다 그 나름의 애틋함을 지닌다. 희망에 부풀었던 소년기요, 열정에 사무쳤던 청년기요, 결실에 흡족했던 장년기요, 해방감을 만끽하는 노년기다. 최선의 행복으로 이어지지 않는 연령대가 없으니 삶의 여정은 곧 하느님의 무한한 선물이다.

삼세에게서 가져보는 애틋함은 이세를 능가한다. 무슨 재미로 살 것인가 하고 생각했던 노년기였다. 그 노년의 행복감은 삼세를 통하여 온다. 삼세가 가져다준 행복감을 겪어보지 않은 이에게는 설명할 수도 없고 이해되지도 않는다.

보이스카우트 기본 훈련의 마지막 날에 잠행이라는 과정이 있다. 어렵사리 하이킹 코스를 마치고 베이스캠프 가까이 오면 두 눈을 가린 상태에서 잠행이 시작된다. 어둠 속에서 대열을 지어 적진을 기습하는 훈련이다. 조교의 지시에 따라 야간 정숙 보행으로 전진하는데 지형에 따라 오리걸음도 걷고 포복도 해야 한다. 포탄 터지는 소리가 나면 엎드렸다가 다시금 전진하곤 하는데 전진할 방향을 알려주는 밧줄이나 앞 사람의 허리끈을 놓치지 않기 위해 안간힘을 써야 한다. 천신만고 끝에 목적지에 다다라 눈을 떠보면 제자리에서 뱅글뱅글 맴돌았음을 알게 된다. 요란하던 포탄 소리는 풍선 터뜨린 소리였다. 영원하다는 하느님의 시각으로 보면 우리들 생애도 스카우트 훈련에서의 잠행처럼 제자리를 맴도는 것으로 보이지 않을까.

인간의 삶에서 어느 시점이 가장 중요한가 하고 묻는 제자의 질문에 성철 스님께서는 지금이라고 대답하셨다. 지금只今. 다만 지只 자와 이제 금今 자로 무한한 시간 속에서 자신이 취하고자 하는 의미의 시간이다. 영어에서의 의미는 The present time(day), moment, now, this time 등으로 순간, 필요한 때의 의미로 해석된다.

음악 연주장면에서 과거와 미래는 의미가 없다. 지금만이 유효하다. 지휘자의 신호에 의하여 시작되는 그 순간부터 지휘봉을 놓는 순간까지가 작품으로서의 의미를 지닌다. 100m 경주에서도 그렇다. 신호총 소리에 따라 출발한 주자가 결승테이프를 끊는 순간까지의 경기가 유효하다. 우리들 삶도 음악과 같이, 100m 경주와 같이 보이지 않는 질서에 따라 온갖 소리를 내며 전력으로 질주하는 과정이다. 다시 출발할 수도 돌이킬 수도 없는 일회성의 과정이다.

황금보다 귀한 것은 소금이요, 소금보다 귀한 것은 지금이라고 한다. 지금이 가장 소중하다 함은 생애에서 주어지는 삶의 모든 장면이 곧 소중함을 일컫는다. 내일 잘하면, 정해진 날에 잘하면, 시합 때 잘하면 된다고 생각해선 안 된다. 내일 잘 먹기 위해 오늘 굶음은 의미가 없다. 오늘의 소홀함은 내일로 이어지고 오늘 진지함도 곧 내일로 이어진다. 지금 잘해야, 연습 때 잘해야, 내일도 정해진 날에도 시합 날에도 잘하게 된다.

살아오면서 가장 힘든 과업은 가족의 마음에 드는 것이다. 남의 마음에 잘 들기는 어렵지 않다. 어쩌다 한 번씩, 간혹, 조금만, 잠깐만 잘해도 남에겐 만족을 줄 수 있고 좋은 사람으로 평가받을 수 있다. 그러나 내 가족에게 만족한 사람이 되려면 항상 잘해야 한다.

법정 스님께서는 과정이 곧 목적이라고 하셨다. 항상 충실함이 곧 수행이요 이를 실천하는 이가 도인이다. (2010)

숨은 기도

　친지로부터 과분한 대접을 받았노라며 아내는 며칠을 두고 근심 어린 타령을 늘어놓았다. 경주에 있는 모 호텔로 끌려가(?) 이름도 모를 요리로 융숭히 접대받은 모양이다. 언젠가는 자기도 베풀어야 하는데 받은 수준을 고려하자니 이리저리 부담을 떨칠 수가 없는 것 같았다.

　아내의 표정을 보면서 친구 J의 얼굴이 떠올랐다. 적수공권으로 상경하여 성공한 친구다. 몇 년 전에 그가 귀향하였을 때 우리 친구 몇 사람이 불려가 칙사 대접받듯이 호강한 적이 있었다. 그 이튿날 자연히 회식비가 화제에 올랐다. 입이 벌어지는 액면을 두고 모두들 우려하였다. 그중에 유독 견해를 달리한 친구 S의 독백이 기발하여 그 대목을 아직도 기억하고 있다.

'J에게 박수만 쳐주면 되지 뭐…'라는 것이었다. 모든 친구가 부담감을 지니는 가운데 그만은 가벼운 맘으로 오히려 축복해주어야 한다는 것이었다. 그토록 고액을 감당할 수 있는 능력을 인정하고 기꺼이 감사함이 참다운 도리라고 하였다. 그 사례를 아내에게 일러주었다. 대접받은 친지에게 박수만 쳐주라는 나의 권유에 의아해하면서도 다소의 안도감을 찾는 표정이었다.

삶의 장면에서 빚어지는 일들이 대개 그렇다. 의도하고 실행한 것들이 내게 만족을 주는 경우도 있고 그렇지 못하는 경우도 있다. 또한 나의 만족이 남의 만족을 이끌어내기도 하고 그렇지 않을 수도 있다.

음악의 경우도 그렇다. 연주자가 아무리 열연을 하였더라도 감상하는 이가 시큰둥한다면 의미가 없다. 들은 쪽이 만족하였을 때 진짜 훌륭한 음악이 되는 것이다. 연주자의 입으로 아름다움 운운함은 난센스다.

'맑고 고운 영혼의 성가를 아름다운 가락으로 주 대전에 바치옵니다.' 우리 성당 성가대가 연습에 앞서 바치는 기도

문의 한 구절이다. 누가 지은 기도문인지 모르나 이 구절을 읊조릴 때마다 부끄러움을 느낀다. 내가 바치는 이 성가가 과연 아름다운 가락이라고 규정지을 수 있을까? 그래서 이 부분을 기도할 때마다 아름다운 가락으로 '바치고자 합니다'라고 조용히 읊조리곤 한다. 아름다운 가락으로 바치는 것이 아니라 아름다운 가락 되게 노력하겠다는 다짐이다. '아름다운'은 노래를 부른 나의 판단이 아니라 듣는 이의 몫이다. 나의 역할은 '아름다운'의 반응을 얻기 위한 노력일 따름이다.

중앙교육연수원에서 장기간 연수를 받은 적이 있다. 각계의 유명 교수들을 접하고 다방면의 정보를 얻을 수 있는 기회였다. 귀가 번쩍 뜨이는 강의가 연일 이어졌다.

재미난 것은 유명인사의 강의가 반드시 이름값에 걸맞은 명강의가 아니라는 점이었다. 그럴 땐 실망감 내지 반감이 작동하여 일부러 졸기도 하였다. 피교육자가 강의 시간에 졸았다면 그 책임은 강사에게 있다고 믿었다. 명강의를 듣고 조는 학생이 어디 있는가.

원인을 제공하는 이와 결과를 받아들이는 이가 만족의 경지에 이르는 조화는 쉽지 않다. 아무리 열강을 해도 듣는 이가 졸았다면 졸강이요, 아무리 열창을 해도 듣는 이가 냉담했다면 졸창인 것이다.

보고 싶은 것을 마음껏 볼 수 없고 보기 싫은 것도 봐야 하는 세상이다. 부처님께서도 이런 세상을 일러 고해라 하셨다. 좋은 것과 싫은 것을 동시에 겪어야 하는 삶이다. 그래서 사람 사이의 관계는 항상 파도처럼 출렁인다.

유교의 근간인 어질 인仁 자는 사람 인人과 두 이二 자의 합성어다. 너와 나, 개체와 개체를 이어주는 관계, 그 흐름의 원천은 무엇일까. 그건 어쩔 수 없이 사랑이라는 에너지다. 개체 사이의 흐름을 공자님도, 노자님도 사랑이라고 풀이하셨다.

서양인의 산발적인 사랑에 비해 우리의 전통적 사랑은 신중하고 조심스럽다. 그러기에 개체 사이의 사랑도 질서, 도리, 신뢰, 책임, 끌림 등 자제하는 어휘로 표현된다.

진정한 사랑은 감동을 자아낸다. 감동은 인간이 지닌 최대의 에너지이다. 감동은 다양한 모습으로 가슴을 적신다. 때로는 눈물로 때로는 웃음으로 다가온다. 감동은 큰 물결로만 오지 않는다. 그것을 소중히 여기는 이는 작은 물결로도 출렁이고 고요 속에서도 더욱 설렌다. 감동은 진실의 그림자를 몰고 다닌다. 진실은 조화의 물결을 거스르지 않기에 감동은 조화로울 때 더욱 빛난다. 감동은 소리 없이 다가온다. 그러므로 평범함으로 비춰지는 이면에 남다른 특별함이 있다.

잔잔한 물결 위에 유유히 떠가는 돛단배, 그 아름다움 뒤에는 사공의 구슬땀과 소망이 있을 것이다. 듣는 이의 귀에 아름다움이 배도록 노력하는 성가대의 기원처럼 보는 이를 감동케 하는 숨은 기도가 있을 것이다. (2016)

자장암에서

운제산 열두 굽이 자장암 오를 적에
새소리 벌레소리 태고의 언어인가
천년을 고이 지녀온 신라의 향기여

자비로운 여래좌상 대해 같은 미소는
시방삼세 뭇 중생의 일체고액 헤아리고
고승의 독경소리에 일렁이는 보리심

산정에 올라서서 동해를 바라보니
호국의 숨결들이 만파 되어 몰려오네
뜨거이 가슴을 열어 그 얼들을 맞으리

솔바람 쉬어가고 산새가 놀다 간 곳
그대와 마주하고 바윗돌에 앉을 적에
바람도 내 마음 되어 님의 볼 만지네

그리운 사람들

오늘도 꿈길 따라 달려가는 고향 언덕
달빛 쏟아지는 내 유년의 숲길에서
밤새어 노래하리라 흘려버린 날들을

바람은 지천으로 강물에 꽃잎 띄우고
초가 지붕 그 위로 푸른 달빛 쏟아질 때
소리쳐 외쳐보리라 세월의 그림자를

흩어졌던 얼굴들이 바람에 나부끼고
강물도 속삭이며 추억을 일깨우리
다시금 가슴 안으로 즈려 앉는 눈물이여

달빛은 밤을 새며 나뭇가지 흔들고
출렁이는 노래 소리 서러운 밤 물들일 때
사무친 메아리들이 비껴가는 하늘이여.

四季

4/
겨
울

마지막 수업

드디어 성탄절의 새날이 밝았다. 성탄 미사를 끝으로 하 선생님의 임기가 끝난다던 말이 새로이 다가온다. 현실이 아니기를 수백 번이나 바랐던 소식이다. 공식적으로 발표되기 전까지 극비에 붙여져야 했기에 냉가슴 앓던 그것이 점점 현실로 다가서고 있다는 절망감이 휘감겨온다.

지나간 7년 동안 우리 성당 세실리아 성가대를 지휘하신 하 선생님은 음악은 물론 종교적, 예술적, 인간적으로 감동을 주신 분이다. 하루라도 독서하지 않으면 입안에 가시가 돋는다고 안중근 의사는 말씀하셨던가. 한 주일이라도 선생님을 뵙지 못하면 무엇이 빠진 듯 잊어버린 듯 허전하였다. 선생님의 밝은 미소, 단아한 몸가짐, 청아한 목소리, 탁월한 교수는 무딘 가슴들을 일깨워 아름다운 노래를 만나게 하였고 속세에 찌든 심중들을 정결하게 하였다.

만물은 변한다. 변함이 없는 것은 오로지 변한다는 원리일 뿐이다. 하느님의 권능을 제외한 세상에 영원함이란 있을 수 없다. 선생님과의 상봉이 하느님의 선물이었다면 선생님과의 이별도 하늘에서 작정하신 각본이리라. 칠 년 동안 그만큼 헌신했으면 이젠 안식년도 가질 만하고 선생님의 본당으로 돌려보내 드려야 할 때도 되었다. 언제까지나 선생님의 치마꼬리를 잡아당기는 것도 예의는 아니다.

맘을 달래고 일찍 집을 나섰다. 찬 바람이 옷깃을 스친다. 선생님과 함께했던 세월들이 찬 바람 안고 지나간다. 어디서 헨델의 메시아가 들려온다. '알렐루야'가 반복되어 울려온다. 잠시 소리가 멈추는 듯하더니 더 크고 장엄하게 그리고 길게 울려 퍼진다. 박수와 환호 소리가 쏟아진다. 글로리아, 상투스, 아뉴스 데이, 미사곡이 차례로 울려 나오고 선생님의 모습이 명멸한다. 뒤이어 마라나타, 엠마우스, 기억하소서… 등의 묵상곡이 긴 여운을 남긴다.

서울 부산 대구로 모테트 합창단을 비롯한 한국 굴지의

음악회를 답사한 것도 선생님 잘 만난 덕분이었다. 부활 성탄 등 교회의 명절과 주어지는 행사마다 많은 이들의 가슴에 감동의 물결로 다가선 성가대의 명성도 선생님의 예술혼이고 작품이었다.

추억의 파노라마를 뒤로하고 들어서는 성당 안은 적막이 감돈다. 지난날의 소홀했음을 참회하는 마음과 이별의 충격을 가누기 힘들어 어깨가 무겁다. 텅 빈 성가대석, 내 자리 찾아 앉는다. 이처럼 우울한 성탄절이 또 있었을까.

중학교 국어 시간에 배운 알퐁스 도데 원작 '마지막 수업'의 장면이 떠오른다. 프로이센군의 점령지가 된 프랑스의 알자스 지방의 한 마을. 내일부터는 독일어만 배우게 된 시골 학교. 아멜 선생님의 분사법에 대한 질문이 약속되었기에 무거운 발길로 교실에 들어서던 프란츠 학생의 철부지한 이야기가 내 모습으로 다가온다.

대리구 교구장님이 집전하는 성탄 미사. 이층 객석까지 신자들로 꽉 메워지고 낯선 신부님들도 보인다. 성가대의 하모니가 메아리 되어 울려 퍼진다. 성탄의 기쁨이 뜨겁게 달아오른다. 예상보다도 화음이 잘 된다. 우려했던 부분들도 무난히 흘러간다. '기쁘다 주님 오셨네' 다시금 불타오르는 감격, 드디어 '알렐루야'가 폭포수처럼 터져 나온다. 축복의 은혜가 절정에 다다른다. 지휘자의 팔놀림에 만인의 신경이 집중된다. 순간 선생님의 눈에 눈물이 고임을 보았다. 그렇다. 아! 오늘이 마지막 수업이다. 나도 따라 눈시울이 뜨겁다. 아니다. 지금은 울어야 할 때가 아니다. 마음을 다잡아 부르는 알렐루야 소리에 울음이 섞인다.

미사가 끝난 성가대석. 구석구석에서 흐느끼는 소리가 들린다. 옆자리에서 훌쩍거리니 더욱 참을 수 없는 눈물이다. 한참 동안 고개 숙이고 앉아 있다가 안경을 벗고 몰래 눈물을 훔친다. 젊은이들 사이에서 우는 모습 보이기가 쑥스러워 슬며시 일어나 밖으로 나왔다.

흘러가 버린 시간은 담을 수 없다. 우리들 삶에 반복이 있을 수 없듯이 음악도 하고자 하는 바로 그 순간에 잘해야 한다. 음악의 현재성에 깔린 삶의 철학을 가장 진솔하게 지도하고 실천하신 하 선생님. 발표하기 전에는 단호히 지적하고 철저히 깨우치지만 발표한 이후에는 한 차례도 잘못을 지적하지 않던 당신의 인격에 고개 숙입니다.

살다 보면 더러는 따로 끌리는 데도 있고, 피할 곳 가릴 곳, 싫고 좋은 구별이 있을 법한 우리들 삶인데 한순간도 개인적 차별을 볼 수 없었고 한 차례도 싫은 기색 없었던 하 선생님, 당신의 얼굴이 곧 부처요 태양입니다.

아무리 복잡한 악보도 한글 읽듯이 한숨에 시창을 하고 미세한 음정도 칼날같이 파헤치며 여러 파트를 한 자리에서 고루 가르쳐 즉석 비빔밥을 만들고야 마는 당신의 재능은 어느 누구도 흉내 낼 수 없는 특별한 축복입니다. 당신과 함께할 수 있었다는 사실이 또한 우리의 축복이었습니다.

칠 년 세월을 교회 안의 또 하나의 우상으로 유능한 지도자요 사랑의 전도사이며 웃음과 희망을 안겨 주신 휴머니스트 하 선생님, 님을 잊지 못하는 우리들 가슴속에 영원히 반짝이는 별이 되소서. (2011)

밀대 담뱃대

　겨울이 온다. 찬 바람 앞세우고 겨울이 온다. 사람들은 쌩쌩 바람 두려워 두꺼운 옷을 챙긴다. 여름 내내 겹겹이 걸쳤던 옷 다 벗어 던지고 앙상히 뼈대만 드러낸 수목들은 찬 바람 이기고 겨울을 지낼 듯 의연하건만 두둑하니 옷을 입은 사람들이 더 움츠린다.

　겨울이 오니 또 고향 생각이 난다. 추위에 떨었던 어릴 때의 기억들이 몰려온다. 그때의 겨울은 요즈음보다 훨씬 더 추웠던 것 같다. 세월의 흐름에 따른 기후의 변동도 있겠지만 어렵던 시절의 겨울이었으니 당연히 더 추웠으리라.

　추위 속에서 아이들에게 가장 선결문제가 아침등교였다.

단단히 맘먹고 대문을 나서서 큰길에 들어서면 한 아름의 북서풍이 몰려와 전신을 휘감는다. 이 바람을 안고 학교까지 가야 한다. 우리 집에서 학교까지 갈 동안 한 번의 굽이 길도 없이 직진해야 하기에 바람은 더욱 위압적인 존재였다. 세찬 바람을 견디기 힘들 때는 뒷걸음을 걷기도 하였다.

맞은 쪽에서 오는 여중생들은 바람을 등지고 등교하였다. 여중학교는 우리 집의 동쪽에 위치하였기 때문이었다. 세찬 바람 안고 찡그리며 등교하는 우리들에 비해 웃고 떠들고 재잘거리며 걸어가는 그들이 무척 부러웠다. 훗날 성인이 되어서도 당시의 여중생들과의 대화에서는 두고두고 빼놓을 수 없는 화제의 장면이었다.

어렵게 도착한 학교였지만 아이들에겐 마냥 따스한 환경일 수는 없었다. 난로 주변의 온기라야 몇 명에 한정된 것이기에 노는 시간이면 아이들은 밖으로 몰려나왔다. 누가 먼저랄 것도 없이 뛰쳐나와 햇볕이 가장 잘 드는 교사의 남쪽 벽에 기대어 따스한 햇볕을 쪼였다. 볕이 잘 드는 공간이면 어디든지 어깨를 가지런히 붙여 선 아이들의 열이 옆으로 길게 이어졌다.

장난기 많은 아이들은 맞댄 친구의 어깨를 옆으로 밀쳤고

이 동작이 연쇄적으로 일어나니 힘없는 아이들은 대열에서 튕겨 나갔다. 반대쪽에서도 역방향으로 어깨를 밀어왔다. 이 바람에 튕겨난 아이는 대열의 끝에 가서 다시 어깨 밀기 운동을 계속하였다. 누구의 입에선가 "밀대 담뱃대"라는 타령이 흘러나왔다. 아이들은 큰 소리로 '밀대 담뱃대'를 외치며 맞은편 방향으로 힘껏 어깨를 밀었다.

이 놀이는 시작종이 울릴 때까지 이어졌다. 시작종에 맞춰 교실로 들어오는 아이들의 이마에 땀이 맺힐 정도로 격렬하게 이루어졌다. 추위를 피해 양지쪽 벽에 기대섰던 아이들이 어느새 양편으로 갈라져 어깨 밀기 시합을 하였으며 때로는 반별 대항전이 되어 덩치 큰 학우들을 앞세우고 밀대 담뱃대의 가락은 드높이 울려 퍼졌다. 이는 움츠리지 않고 능동적으로 추위를 이겨내고자 노력하는 학생들의 의지의 몸놀림이었다고도 볼 수 있다.

고향의 겨울 풍경을 돌이켜 볼 때 잊을 수 없는 곳이 또 있으니 장수돔이다. 장수돔은 상리동의 동산 끝자락에 위치한 자그마한 개울의 이름이다. 넓지는 않았지만 동산이 해를 가려주는 음지로서 썰매 타기에 적격인 스케이트장이었다.

아이들은 겨울이 되기 바쁘게 장수돔으로 몰려들었다. 주로 앉은뱅이 시계였지만 서서 타는 발시계도 있었다. 시계란 그 당시 고향에서만 사용되던 스케이트의 사투리였다. 스케이트라야 뾰족한 송판 끝에 철사를 붙여 만든 앉은뱅이 스케이트와 철사를 붙인 뾰족 송판 위에 발바닥 너비의 나무판을 붙여서 발등에 동여맨 간이 스케이트였으니 이름하여 발시계라고 불렀다.

초등학생으로서 앉은뱅이에 만족하지 아니한 나는 늘 발시계를 즐겼다. 왼발을 굽혀 앞으로 전진하고 오른발을 뒤로 밀어 얼음판 위를 이리저리 휘젓고 다녔다. 때로는 뒷짐을 지고 허리를 굽혀 제법 스케이터다운 자세를 취하기도 하였으니 당시의 장수돔 무대에서는 꽤 고수준의 스케이터였다고 해야 할까.

봄은 얼음장 밑으로 온다고 하였다. 찬 바람 속에서 밀대 담뱃대 놀이를 즐기는 사이에도, 장수돔에서 얼음을 지치는 사이에도 시간은 소리 없이 흘러가고 봄은 저만큼서 손짓을 하였다. 겨울 방학이 끝나면 장수돔의 얼음도 풀리고 봄은 더욱 가까이 다가오는 것이었다.

'겨울이 왔으니 봄 또한 멀지 않으리' 영국 시인 쉘리의 시

구절이기도 하며 러시아 시인 푸시킨과 관련되는 일화도 있다.

"삶이 그대를 속일지라도 슬퍼하거나 노여워 말라. 슬픈 날을 참고 견디면 즐거운 날이 오고야 말리니."라는 시로 유명한 러시아 시인 알렉산드로 푸시킨이 어느 추운 겨울날 모스크바 광장에서 떨고 있는 맹인 거지에게 돈 대신에 글씨 몇 자 써주겠다며 몸에 붙이고 있기를 당부하였다. 푸시킨의 예견대로 거지가 그 글씨를 몸에 붙이고 있었더니 이를 본 많은 사람들이 적선을 하여 그 거지의 깡통이 돈으로 가득 찼다는 일화를 남긴 글이기도 하다.

梅一生寒不賣香매일생한불매향. '매화의 일생은 추워도 향기를 팔지 않는다'는 옛말이 생각난다. 봄소식을 가장 먼저 알리는 매화의 인내심과 기품을 나타내는 말이다.

겨울은 기다림의 계절이다. 겨울은 말없이 참고 버티며 기다려야 함을 우리에게 일깨워 준다. 무엇을 참고 무엇을 기다리는가. 추위를, 아픔을, 슬픔을, 고생을 참고 밝은 날, 새로운 날, 좋은 날을 기다리는 계절이다.

퇴계 선생께서도 매화꽃을 사랑하시어 '추워도 그 향기

를 팔지 않는다'는 말을 평생의 좌우명으로 삼았다고 한다. 그리하여 아무리 어려운 상황에서도 원칙을 지키고 의지와 소신을 굽히지 않는 선비의 도를 실천하셨다고 한다.

북풍이 불어오는 겨울이면 고향 생각이 난다. 추운 겨울 보내던 어린 시절의 기억들이 넘쳐난다. 친구들과 어깨 맞대고 소리치던 밀대 담뱃대의 가락이 들려온다. 장수돔 얼음 바닥을 누비던 발시게의 감촉이 가슴을 파고든다.

(2021)

빙점

    몇 달에 한 번씩 정기적으로 다니는 K 병원이 새 건물을 지어 자리를 옮겼다. 시내를 조금 벗어난 외곽지의 나지막한 언덕에 근사한 모습으로 새 단장을 하였다. 이웃에 있던 병원이 옮겨가게 되어 나로선 다소의 불편함도 따랐지만 새로운 환경에 접해보는 신선함과 새로운 친근감도 가져볼 수 있었다.

    처방전을 받아 들고 병원 문을 나서면 두 개의 약국이 나타난다. 한 건물 안에 자리한 같은 크기 같은 모양의 두 약국이 간판만 달리하고 고객을 맞이한다. 아무 생각 없이 왼쪽 약국을 선택하여 다니게 되었다.

그런데 어느 날부터 이상한 모습을 대하게 되었다. 오른쪽 약국의 출입문 안에 웬 여인이 서서 병원 쪽에서 걸어오는 고객들을 향하여 눈빛으로 인사를 하며 자기네 약국으로 들어오기를 권유하는 것이었다. 이상하다. 약국이라야 단 두 개뿐. 굳이 권유를 안 해도 두 사람 중 한 사람은 자기네 약국을 찾을 건데. 오는 손님 모두를 제집으로 모신다면 옆집은 고객이 없어도 좋단 말인가. 그녀의 눈빛을 외면하며 평소대로 왼쪽 약국으로 발길을 옮겼다. 괜히 마음이 불편하였다.

어느 날엔가 내가 다니던 왼쪽 약국에서도 그와 같은 모습으로 인사를 하는 것이었다. 뭘 그런 얄궂은 인사를 따라 하느냐고 빈정거렸더니 이웃에서 그러니 어쩌겠느냐며 이해를 구하였다. 로봇처럼 종일을 한자리에 서서 밖을 내다보며 인사하는 두 여인을 보며 쓸쓸함을 금할 수 없었다.

일본의 여류 작가 '미우라 아야코'가 조그만 점포를 개점하였다. 너무나 잘되었다. 물건을 트럭으로 공급할 정도로 매출이 쑤욱쑥 올랐다. 그에 반해 옆 가게는 파리만 날렸다.

어느 날 그녀는 남편에게 털어놓았다. "우리 가게가 잘되고 보니 이웃 가게들이 문을 닫을 지경이에요. 이건 우리가 바라는 바가 아니고 하느님의 뜻에도 어긋나는 것 같아요."
남편은 아내가 자랑스러웠다. 물론 동의하였다.

그녀는 가게 규모를 축소하였다. 손님이 오면 이웃 가게로 보내주기도 하였다. 따라서 시간이 많이 남았다. 평소에 관심사였던 글을 본격적으로 쓰기 시작하였다.

소설이 완성되었다. 그녀는 이 소설을 신문에 응모하여 당선되었다. 그로 인해 가게에서 번 돈보다 몇백 배의 부와 명예를 획득하였다. 그 작품이 20세기의 세상을 떠들썩하게 했던 '빙점'이다.

몇 달 만에 처방전을 들고 왼쪽 약국을 들어섰다. 그런데 참 이상하다. 왼쪽 약국이 없어져 버렸다. 분명히 종전과 같이 왼쪽 약국의 문을 열고 들어섰는데 분위기가 그 전과 사뭇 다르다. 약국의 넓이도 두 배로 늘어나고 약사들의 수도 늘어났다. 전에 보았던 왼쪽 약국은 어디 가고 하나의 큰 약국으로 변해있었다. 낯익은 이와 낯선 이가 섞여서 일을 보고 있었다. 낯익은 이에게 어떻게 된 연유인가 하고 물었더니 두 약국이 합쳐졌다며 빙그레 웃기만 하였다.

오른쪽, 왼쪽으로 나뉘어 있던 두 약국의 모습이 떠올랐다. 서로 자기들 약국에 오라고 문 앞에 서서 인사하던 모습도 떠올랐다. 50%의 자동고객(?)에도 만족하지 못함을 탓했던 장면도 떠올랐다.

어떤 과정을 거쳐 하나의 약국으로 태어났을까? 누가 먼저 합치자고 제의했을까? 별난 생각이 꼬리에 꼬리를 물었다. 아무튼 내가 들르지 않았던 몇 개월 사이에 두 개의 연옥 약국이 하나의 천국 약국으로 변해있었다.

빙점. 홋카이도 출신의 여류작가 미우라 아야코가 쓴 소설의 제목이다. 이차대전 패전 이후의 어려웠던 시절. 초등학교 교사도 역임하였고 폐결핵도 투병하였으며, 잡화상도 운영하였던 작가가 1964년 아사이신문 1천만 엔 현상공모에 당선하여 만인의 가슴에 감동의 파문을 일으킨 소설이다. 작가의 깊은 신앙심이 그려낸 참된 인간성의 모습이 제시된 작품이었다. 우리나라에선 영화로 꾸며져 상영되기도 하였던 빙점은 원죄 의식과 함께 '인간은 어디까지 타자를 용서할 수 있을까?'라는 윤리적인 주제도 담고 있었기에 이를 통해 인간의 한계를 엿볼 수도 있었다.

누구의 가슴속에도 존재하는 빙점. 인간을 얼어붙게도 녹게도 만드는 빙점. 사랑과 질시, 증오와 용서, 원망과 이해 등의 속성으로 이루어진 빙점이다. 그렇다. 사랑의 한계는 단순하다. 속된 말로 이해와 오해는 한 끗발 차이다. '남'에서 한 획을 떼면 '님'이 되는 현상이다.

소설 '빙점'을 통하여 참된 인간성의 모습을 보았듯이 두 약국이 합쳐져 하나의 약국으로 태어난 K 병원 앞 T 약국을 통하여 반짝이는 빙점을 보았다. 21세기의 세계를 이끄는 선진 한국인의 빙점을. (2020)

연무鳶舞

바람이 분다. 연이 오른다. 바람을 타고 하늘로 오른다. 지나가는 바람이 연을 흔든다. 연은 이리저리 흔들린다. 위로 치솟았다가는 아래로 떨어지고 오른쪽으로 밀렸다가는 왼쪽으로 기웃하며 자유자재로 너울거린다. 신이 난 바람은 더욱 격렬하게 연을 흔들고 연은 그 장단에 맞춰 하염없이 춤을 춘다. 그러고는 날개를 벌려 하늘을 안는다.

신이 나는 것은 연뿐만이 아니다. 연이 춤을 추기 시작하면 아이들이 더 신난다. 연무鳶舞를 보다 보면 추위쯤은 아랑곳없다. 그래서 연은 자꾸만 오르고, 그 연을 따라 아이들의 꿈도 하늘로 솟는다.

오늘은 연날리기 대회가 있는 날이다. 낙동강 둔치에 아이들이 모여 재주를 겨룬다. 여기저기서 연이 오르기 시작한다. 하늘로 치솟는 연도 있고 몇 바퀴 맴돌다 내리쳐 박는 연도 보인다. 바람은 초겨울답게 매섭지만 아이들은 연날리기에 여념이 없다. 연은 아이들의 마음을 헤아린 듯 높이 오른다. 시리도록 푸른 하늘에 희망의 수를 놓는다.

내 고향 의성은 연날리기가 성행했던 고장이기에 내 어린 날에는 연에 얽힌 추억이 참 많다. 겨울바람이 불기 시작하면 아이들은 가오리연 방패연 할 것 없이 하나씩 해 들고 학교 운동장이나 텃밭으로 달려갔다. 해 지는 줄 모르고 연날리기에 열중하였다. 아이들뿐 아니었다. 어른들도 가끔씩 나와 솜씨를 겨루었다. 동네별로 연 끊어먹기 시합도 자주 있었고 이런 날엔 아이 어른 할 것 없이 어우러져 읍내가 들썩거렸다.

꼬리 달린 가오리연은 아무렇게 만들어도 잘 날았지만 네모난 방패연은 만들 때부터 고차적인(?) 기술이 필요하였다. 우산대나 담뱃대를 이용한 대나무 살을 적당한 굵기로 고르게 다듬기가 까다로웠고 그것을 창호지에 붙이는 과정

연무 213

도 힘들었으며 꽁숫줄 매기도 어려워 다 만든 연이 하늘로 오르지 않고 아래로 쳐박거나 뱅뱅 도는 경우도 많았다. 이렇듯 연은 만드는 과정부터 숙련을 필요로 하였기에 더욱 정성을 쏟았다. 전문적으로 만들어 팔거나 날리는 기술을 전수하는 이도 동네마다 있었다.

연도 좋아야 하지만 실도 좋아야 했다. 그때는 누런 명주실이나 촉사실이라는 희거나 검은 실이 주로 사용되었다. 매우 질긴 실이었기 때문이었다. 연싸움에서 이기려면 실을 그냥 사용해서는 안 된다. 백사를 먹여야 했다. 백사란 우리 고장에서만 쓰인 독특한 용어로 짐작이 되는데 유리 따위의 사금파리를 빻아 만든 가루를 풀과 섞어서 실에 입히는 것을 말한다. 백사 먹인 실은 날카로워서 맨손으로 만지면 손이 베이기가 일쑤였다. 웬만한 연줄은 스치기만 해도 잘려나갔다.

실을 감았다 풀었다 하는 얼레도 고장의 사투리로는 연자새라고 불렀다. 목공소마다 사각형이나 육각형 혹은 원형의 미끈한 연자새를 제작하여 진열해 두었으니 그것을 보는 이들은 모두 군침을 삼켰다. 돈이 많은 사람들은 별도의 모양과 크기를 지정하여 주문 제작도 하였다. 아무튼 찬 바람이 불기 시작하여 이듬해 봄이 오기까지 온 동네가 연날리기로 시끌벅적하였고 이 동계스포츠를 즐기기 위해 투자와 노력이 만만치 않았다.

북풍 속에서 연을 들고 치닫던 언덕에 고층 아파트가 들어서고 끊어진 연을 찾으러 내닫던 그 산허리까지 동네가 들어섰지만 눈 감으면 아련히 그날의 광경이 떠오른다. 가오리연, 방패연, 태극연, 별연, 반달연, 보름연에다가 끊어먹기, 재주부리기, 높이 올리기 등 감고 풀기를 수없이 반복하는 얼레를 박차고 하늘로, 하늘로, 높이, 높이 비상하던 연의 날갯짓을 그려본다. 티 없이 맑고 높던 그날의 하늘이며 하늘보다 푸른 꿈을 지녔던 소년들의 얼굴을 그려본다.

하늘을 날고자 함은 인간의 숙명적 염원이다. 한없는 자유와 이상이 머무는 곳. 나의 사랑, 나의 꿈, 나의 세계를 거기에 그린다. 모든 것을 말없이 받아주기 때문이다. 꿈도 이상도, 기쁨도 슬픔도 실패도 좌절도, 후회도 고통도 눈물도 아픔도 모든 상처와 투정마저도 끝없이 받아준다. 뉘라서 하늘의 품을 저버릴 수 있을까. 그 넉넉한 미소를 외면할 수 있을까.

내 어린 날 '줄이 끊어진 연은 어디로 날아갈까' 걱정에 잠긴 적이 있었다. 그 연은 저 멀리 산 넘어, 아니 그보다 더 멀리 있는 산 넘어, 어쩌면 하늘 끝까지 날아갈 것이라고 생각하였다. 그러면서 날아갈듯 가물가물 하늘로 오른 연이 달아나지 못하도록 연줄을 움켜쥐곤 하였었다.

　우리에게 줄은 무엇일까. 생명의 뿌리며 줄기다. 줄이 없는 연은 하늘에 오를 수 없다. 생명의 뿌리는 땅에 있고 이상은 하늘에 있다. 인간의 현실은 땅에 있지만 미래는 하늘에 있다. 거기는 장차 내가 가야 할 곳. 내 영혼이 머물 곳. 먼저 가신 님들이 계신 곳이다.

　연이 오른다, 하늘로. 꿈과 사랑과 이상을 싣고. 언젠가 우리 모두 가야 할 그곳으로 연은 오른다. (2012)

운칠기삼

20대 중반의 사장이 낡은 트럭 한 대를 끌고 미군 영내 청소를 하청받아 사업을 시작하였다. 처음에는 운전하는 일을 맡았다. 한번은 물건을 싣고 인천에서 서울로 돌아오는 길이었다. 그런데 외국 여성이 길가에 차를 세워놓고 난처한 표정으로 서 있는 모습이 보였다. 그냥 지나치려다 사정을 물어보았더니 차가 고장 났다며 난감해하는 것이었다.

그는 1시간 30분 동안이나 고생하여 그 차를 고쳐주었다. 외국 여성은 고맙다며 상당한 금액의 돈을 내놓았다. 하지만 그는 돈을 받지 않았다. "우리나라 사람들은 이 정도의 친절은 베풀고 지냅니다." 그러면 주소라도 알려달라고 조르는 그 외국 여성에게 주소를 알려주고 돌아왔다.

다음 날 그 여성이 남편과 함께 찾아왔다. 그 남편은 미8군 사령관이었다. 사령관이 그에게 직접 돈을 전달하려 했지만 끝내 거절하였다.

"명분 없는 돈은 받지 않습니다. 정히 저를 도와주시려면 명분 있는 도움을 주십시오."

"명분 있게 도와주는 방법이 무엇입니까?"

"저는 운전사입니다. 그러니 미8군에서 나오는 폐차를 제게 주면 그것을 수리하여 사업을 하겠습니다. 폐차를 인수할 수 있는 권리를 제게 주실 수 있다면…"

사령관으로서 그것은 일도 아니었다. 고물로 처리하는 폐차를 주는 것은 어려운 일도 부탁도 특혜도 아니었다. 그렇게 하여 만들어진 기업이 바로 대한항공이다. 오늘날의 한진그룹은 이렇게 우연한 인연에서 시작되었고 이 이야기는 곧 조중훈 회장이 겪은 실화라고 전해진다.

진화심리학자 매슬로우는 인간의 욕구를 여러 단계로 풀이하여 설명하였다. 인간의 욕구는 가장 기본적인 생리적 욕구로부터 안전, 사랑, 소속, 존경, 자아실현 등 여섯 단계로 분류되며 하위 단계를 충족하고 나면 차츰 상위 단계의 욕구를 충족고자 하는 충동이 생기게 된다. 따라서 자아실현은 삶의 최종 목표이며 개인의 노력을 통한 성공의 경지라고 볼 수 있다.

知之者 不如好之者 好之者 不如樂之者. 아는 자는 좋아하는 자만 못하고 좋아하는 자는 즐기는 자만 못하다. 인생 백년의 지혜가 수록된 논어에 나오는 공자님 말씀이다. 어떤 사물에 대하여 이해하고 있는 자는 그것을 애호하는 자를 능가할 수 없고 애호하는 자는 즐기는 자를 능가할 수 없다는 비유이다. 그 과업이 학문의 세계이건 예술의 세계이건 기업의 세계이건 인간이 자아실현이라는 목표에 접근코자 임하는 태도적 측면을 이천 년 전에 공자님께서는 세 단계로 분석하신 것이다.

예를 들어 요즈음 흔히들 하는 골프의 경우를 들어보자, 단순히 골프의 룰이나 방법을 알고 있는 사람보다는 골프를 좋아하는 사람이 능가하며 그저 애호하는 사람보다는 골프를 통해서 신사 스포츠의 진미를 즐기는 사람이 진짜 골퍼라고 할 수 있다.

樂之者 不如運之者. 근래에 어느 학자들이 공자님의 논리

를 비약하여 제시한 말이다. 아무리 즐기는 자도 운 좋은 자를 당하지 못한다는 의미다. 선조들의 지혜와 세상사의 흐름을 꿰뚫어서 비유한 삶의 이치이기도 하다. 고스톱 판에서도 운칠기삼運七技三의 철칙은 어김없이 지켜진다. 아무리 재주가 비상한 자도 운이 좋은 사람을 당할 수 없다. 운을 제쳐두고 우리들 삶을 어찌 이야기할 수 있으랴.

운도 그냥 주어지는 것이 아니다. 이를 불러일으키는 요소가 있다. 숭실대학교 문예창작과 김미경 교수의 분석이 흥미롭다. 김 교수는 어느 신문에서 운을 부르는 요소를 인맥과 기도라고 설명하였다.

인맥이란 내가 알고 있는 사람을 이른다. 그냥 아는 사이가 아니라 다른 사람에게 내 이야기를 해줄 수 있는 사람 내지 호평해 줄 수 있는 사람이다. 누구나 스스로 유능하다고 나설 수는 없다. 그러므로 나를 대신하여 '쟤는 참 성실하며 꽤 괜찮은 사람'이라고 얘기해 줄 수 있는 사람을 가지는 것이 인맥이라는 뜻이다.

'사람은 대체로 생긴 대로 놀고 말한 대로 된다. 좋은 기도는 선을 쌓게 하며 이렇게 쌓인 선은 운이 내려앉는 둥지가 된다.'는 것이 또한 김 교수의 지적이다. 그러므로 인맥이란 곧 바람직한 인간관계를 말하고 기도는 곧 적선을 의미한다.

머리로 알고 있는 사람은 가슴으로 좋아하는 이를 능가할 수 없고, 가슴으로 좋아하는 사람은 몸으로 즐기는 이를 능가할 수 없다. 만고의 스승이신 공자님의 지적에 첨가하여 후인들의 체험과 통찰력으로 결론지어 본 말. '아무리 온몸으로 즐기는 이도 운이 좋은 사람을 당할 수 없다'는 이치도 새겨 볼 일이다. 그러면 이들이 말하는 운은 어디에서 오는가. 운이라고 일컫는 이른바 행운은 인간관계와 적선에서 온다.

바람직한 인간관계는 행운의 밭이요, 적선은 행운의 씨앗이다. 지금 내 앞에 서 있는 사람이 나를 살릴 수도 있고 죽일 수도 있다. 마주하고 있는 상대의 가슴에 사랑의 씨앗을 심자. 그이의 가슴속에 은혜의 새싹이 자라고 그렇게 자란 새싹들은 언젠가 나의 미래에 행운의 꽃으로 피어날 것이다. (2015)

앉으나 서나

미당 서정주님의 안동 방문길에서 겪었던 흘러간 이야기
한 토막이 있다. 안동극장에서 문학 강연회를 마치고 나오
다가 노상에서 돗자리 파는 할아버지를 목격하였다. 흰 두
루마기에다 갓까지 쓰고 앉아 장사로서는 어울리지 않는
행색이 선생님의 호기심을 유발하여 돗자리를 흥정하게 되
었다.

지금 시가로 말하면 십오만 원 상당의 꽤나 정교하게 짜
인 돗자리였다. 미당 선생께서 선뜻 이십만 원을 주고 사겠
다고 하니 그 할아버지는 그렇게 할 수 없다며 고개를 가로
저었다. 정한 금액만 받겠다는 것이었다.

이유인즉 돗자리 짜는데 일주일이 걸렸으므로 하루 일당 이만 원씩 쳐서 십사만 원에다가 운송비 포함하여 십오만 원으로 정가를 책정하였기에 그 이상은 받을 수 없다는 것 이었다.

선생님이 정교하게 짜인 돗자리가 마음에 들 뿐 아니라 안동을 방문한 기념도 되겠기에 꼭 이 돗자리를 갖고 싶다 고 하면서 운송비 포함하여 이십만 원 주겠다고 사정하였 다. 노인께서 그제야 물건이 좋다는 말에 만족한다면서 아 무 날까지 부쳐주겠노라고 약속하는 것이었다.

미당 선생의 뇌리에 오래도록 기억되어 훗날에 자주 회자 되곤 했던, 어쩌면 불친절에 가까운, 장사치고는 너무나 꼬 장꼬장하고 도도한 안동 상인. 그 사회적 배경은 무엇일까?

조선 후기 200년 동안 작용한 남인 차별 탓이라고 여겨진 다. '내 비록 때를 못 만나 장판에 나앉아 있지만 언젠가 득세 할 날 있으리라' 정도正道 고수固守라는 명분 하나로 노론 정권 과 힘겨루기를 해야 했던 영남 선비들의 따가운 자존심이 깔 렸던 것이다. 그러기에 장사를 하더라도 의관을 정제하여 흐 트러짐 없는 자세를 유지하였고 명분 없이 이를 쫓지 않겠다는 견리사의見利思義의 철학을 간직하였던 것이다.

　이러한 전통이 승계되어 오늘날에도 안동 지방의 상인들은 고객에게 고분고분치 못하는 것 같다. 상품을 소개할 때도 있는 것은 있고 없는 것은 없으며, 비싼 것은 비싸고 싼 것은 싸다고 확실하게 알려준다. 고객이 찾는 상품이 없을 때 유사한 상품을 이리저리 둘러대어 권유하는 여느 지역의 상인들과 완연한 대조를 이룬다.

　어느 날 시내의 모 약국에 들렀다. 내가 필요한 약명을 제시하고 그 약이 있느냐고 물었다. 약국 주인이 나를 뚫어져라고 보더니 "없어요."라고 퉁명스럽게 대답하였다. 마치 그런 약을 왜 찾느냐며 나무라기라도 하는 표정이었다. 손님이 찾는 약이 없는 게 무슨 자랑인가? 고객을 왕으로 대하진 않더라도 하수인 취급하는 태도가 지극히 불쾌하였지만 참고 "그와 비슷한 약이라도" 하는 순간 이번에는 더욱 정색을 하여 "우리는 그런 짓 안 하니더…."라고 소리치는 것이었다. 그런 짓이라니…? 순간 내 머릿속에 짐작되는 '그런짓'의 의미가 떠올랐다. 유사한 상품을 이리저리 둘러대어 권유하는 행위를 두고 말함이었다.

'있는 것은 있고 없는 것은 없다고 확실히 안내해 주는 것이 상인으로서의 소비자에 대한 참예절이다'는 것이 퉁명스럽게 '없어요'를 내뱉고 '그런 짓 안 한다'고 고함친 명분이었다. 그 명분에는 이해가 가지만 고객을 대하는 자세가 고압적이고 일방적이어서 고마움보다도 불쾌감이 더 진하게 느껴졌다.

어느 해, 안동의 어느 전자 대리점에서 있었던 일화 한 토막이다. 수시로 고객들이 드나드는데 점포의 주인 양반은 점잖게 자리에 앉아 있었다. 어느 고객이 필요한 상품을 찾으니 이쪽 진열대 위에 있다고 손으로 가리키고, 또 다른 고객이 찾는 상품은 저쪽 진열대 위로 턱을 돌려 가리켰다. 주인은 자리에 앉아 고객이 찾는 제품의 위치를 손이나 턱으로 가리키고는 책을 보는지 무얼 하는지 딴짓을 하고 있었다.

그러자 이를 보다 못한 어느 한 고객이 소리를 쳤다.

"아이고, 여보소, 손(손님)이 오거든 좀 일라서기라도 하소."

하며 화를 내었다. 주인이 그제야 슬며시 자리에서 일어서며 하는 말,

"앉으나 서나 값은 맹 똑같으이더."

참으로 명언이다. 상황에 따라 값이 변동되어도 안 되고 물건이 달라져도 안 된다. 고객이 알든지 모르든지 따지든지 응하든지 개의치 않아야 한다. 오로지 정품을 정가에 정상적으로 매매하는 그 정신이 상인의 바른 양식이요, 그것을 실천하는 이가 신용사회의 주인공이다. 어쩌면 화려한 말 잔치나 외형상의 친절보다는 양심과 도덕률에 충실하려는 안동 상인의 철학이 아쉬운 지금이다. (2011)

세 사람의 의미

우리나라 사람이 낯모르는 사람과의 만남에서 인사를 하는 경우는 거의 드물다. 모르는 사람끼리는 눈길을 주지 않으며 어쩌다 눈길이 마주쳐도 서로 피하게 된다. 낯모르는 이의 유심한 눈길은 반가움보다 경계의 대상이 되기도 한다. 단일 민족이라면서 너무 비정한 것이 아닐까.

우리도 구미의 선진제국처럼 처음 보는 사람과도 정답게 인사를 나눌 수는 없는 것일까. 엘리베이터 안에서, 좁은 인도에서, 지하철의 옆자리에서 모르는 사람과의 시선을 어색하게 피하면서 가끔씩 가져본 마음이었다. 어느 쪽이라도 먼저 마음을 열면 정다운 인사말이 꽃피련만 그게 그리도 어려운 것이 우리네 보통 사람들의 심보인가 보다.

어느 지인의 사례다. 좋은 일 해보겠다는 마음으로 매일 아침 등산길에서 만나는 이들에게 먼저 인사를 하였다. 애 써 인사하기가 수월하진 않았지만 좋은 일 한다는 보람으 로 매일 인사를 하였다. 능동적인 그의 인사에 반가움을 표 시하는 이도 있었고, 가벼운 목례를 하는 이도 있었고, 무심 히 지나치는 이도 있었다. 그러던 어느 날, 그날은 '안녕하 세요'라는 그의 인사말이 무색하게 만나는 이마다 못 본 척 얼굴을 돌려버리거나 시무룩한 표정으로 일축하는 것이었 다. 모든 이가 인사를 받지 않기에 자존심이 상해 좋은 일 하기로 했던 모처럼의 결심을 접어버렸다.

그런데 며칠 뒤에 그날의 장면을 곰곰이 기억해보니 인 사를 받지 않고 지나쳤던 사람이 세 사람이었고 세 번째 외 면당하는 순간부터 먼저 인사하기를 포기해버린 것이었다. 지인의 뇌리 속에 인사받지 않는 모든 이라고 느꼈던 사람 의 수가, 명랑사회 만들기에 일조해보려던 모처럼의 다짐 을 뭉개어버린 사람 수가 정확하게 말하면 세 사람이었다. 모든 사람이라고 생각한 모든 사람이 그야말로 한두 사람 이 아닌 세 사람이었다. 수 개념이 없는 아프리카 어느 종족은 '하나, 둘, 많다'라는 세 가지 숫자만을 사용한다고 하니 셋이라는 숫자가 가지는 위력은 엄청난 것이라고나 해야 할까?

모 고등학교 동창회 자리에서 있은 덕담이다. 중앙 부처의 어느 주요 부서에 근무하는 요원이 전부 자기네 동문 선배라면서 웃고 즐기는 것이었다. 나중에 알고 보니 세 명의 동문이 그 부서에 근무하였던 것이다. 한 사람이라도 진출하면 우리 동문도 거기에 있다고 한다. 두 사람이면 많다고 하고, 세 사람이면 전부라고 과장하게 된다.

삼인성호三人成虎라는 고사성어가 있으니 세 사람이 짜면 호랑이라도 만들 수 있다는 뜻이다.

삼이라는 숫자는 넓고 깊고 신중함을 상징한다. 삼라만상, 삼위일체, 삼부인, 삼정승, 삼사, 삼심제, 삼고초려, 삼십삼인 등 인류의 역사가 이를 증명한다. 예수께서도 사흘 만에 부활하셨고, 공자님도 삼인행三人行이면 필유아사必有我師라는 가르침으로 세 사람의 깊은 의미를 함축하셨다.

세 사람의 이지러진 모습이 외래인에게 비쳤다면 그들은 어떻게 평을 할까. 분명 '어글리 코리아'를 외쳤을 것이다. 반면에 세 사람의 바람직한 모습 앞에서는 '원더풀 코리아'

를 외쳤을 것이고.

세계가 경제 공황에 빠져 허덕이는 때, 내각, 국회, 지방 정부, 사회단체 할 것 없이 반목과 질시로 이전 투구하는 모습이 시민들의 실망을 가중시킨다. 우리는 왜 이다지도 지도자 복이 없는 것일까. 우리 민족에게 많은 것을 주신 하느님께서 왜 당신의 뜻에 합당한 지도자의 파견에는 인색하실까. 이렇게 어려운 시기에 혜성같이 나타나는 의인은 없을까. 여야 가릴 것 없이 단 세 명의 의인이 이 땅에 나타난다면 모든 지도자가 의인이라며 기쁨으로 단합하여 위기를 극복하고 축복의 세상을 맞이하련만. (2009)

행복헌장

지난해 5월, 영국 국영방송 BBC가 4부작 다큐멘터리 제작을 위해 '행복헌장'을 만들었다. 심리학자, 경영컨설턴트, 자기계발전문가, 사회사업가 등으로 구성된 이른바 '인권위원회'를 만들고 그 위원회가 발표한 행복헌장이 있다. 그 내용을 검토해보면 행복에 이르는 지침 17개항, 행복을 얻기 위한 방법 즉 행동강령 12개항으로 구성되어 있으며 눈에 띄는 덕목으로 일work, 사랑love, 관계community 등이 소개되어 있었다.

행복은 삶의 목적이며 생명체의 존재 이유이기도 하다. 누구나가 추구하는 행복, 그 파랑새를 찾아온 세상을 떠돌

다가 헛걸음하고 자기 집 마당에 들어서면서 발견하였다는 행복, 그 행복은 어떤 것이며 어떤 모습, 어떤 상태를 말함일까?

'행복하다는 사람들을 자세히 살펴보면 공통적으로 지닌 것이 있다. 그중에서 가장 중요한 것은 그들이 하는 일이다. '일은 그 자체로도 즐거울 뿐 아니라 그것이 쌓여 점차 우리의 존재를 완성케 하는 기쁨이 된다.' 버틀랜드 러셀의 설명이다. 이 말을 유추해보면 일은 사람의 일상이자 모습이며 소망을 현실화하는 과정이다. 그러므로 행복은 생활 그 자체요, 땀 흘려 열심히 사는 것이 곧 행복이다.

근래에 우리는 가슴 뭉클한 행복의 장면을 목격하였다. 런던 올림픽 체조 부문 도마 경기에서 본인이 계발한 자세를 시연하여 한국 최초로 금메달을 획득한 양학선 선수와 그 가족들의 모습이다. 취재 기자가 그 가족을 찾았을 때 양 선수의 부모님은 비닐하우스에서 웃으며 나왔다. 집이 없어서 비닐하우스에서 기거하면서도 주눅 들지 않고 자녀들을 훌륭하게 양육하였다. 양 선수도 기죽지 않고 충실하게 살아왔기에 어려운 과업을 이룰 수 있었고 이에 감동한 어느 독지가가 그 가족을 위해 주택을 마련해 주기로 약속하였다고 한다.

지인이 보내 준 메일에 행복한 사람의 예시가 나열되어 있었다. '누가 내게 섭섭하게 해도 그러려니 하고 그동안 그가 내게 베풀었던 고마움만을 느끼고자 노력하는 사람' '밥 먹다가 돌이 씹히면 이가 상하지 않은 것을 다행으로 여기며 돌보다는 밥이 많다고 껄껄 웃는 사람' 등등이었다. 이처럼 여유, 긍정, 감사, 배려, 희망 등이 행복의 덕목이자 조건이다.

행, 불행의 차이는 미묘하다. 마음 한 번 긍정적으로 바꿔 먹으면 그 순간부터 행복한 사람 된다는 이야기도 있다. 일방통행 길에서 역주행으로 오는 차량을 만나도 짜증 내지 않고 '오죽 답답했으면 역주행할까?'라며 느긋할 수 있다면 행복을 누릴 자격을 갖춘 사람이다.

행복은 가시적인 것이 아니라 내면적인 것이며 물리적인 것이 아니라 마음의 상태이다. 그러므로 진정한 행복은 행복감이라고 설명할 수 있다. 누구로부터 지극한 사랑을 받을 때나 소중한 대상으로 인정을 받을 때 진한 행복감을 느낀다. 뜻한바 과업을 성취하였을 때, 반가운 이를 만났을 때도 진한 행복감을 체험케 된다.

'나는 아무런 갈등도 걱정도 없다. 설사 지금 죽는다 해도 서러움이나 후회가 없다. 믿음이 늘 마음을 평안하게만 한다.' 고향 친구 K의 말이다. 온전한 믿음은 이처럼 갈등이 완전히 배제된 순수한 경지일 것이다. 전통적 유교 가정에서 자란 그가 부인의 영향으로 독실한 기독교 신자가 되었고 이에 감화된 부모님마저 신자가 되었다. 서울 시내 한복판에, 그 이름을 모르는 이 없을 정도로 유명한 교회의 장로로 신앙심이 깊은 친구 K. 그가 들려준 말이 감동적이어서 뇌리 깊숙이 자리하고 진지한 그의 음성이 늘 귓전을 맴돈다. 아무런 걱정도 갈등도 없다는 그의 마음가짐을 행복의 모델로 규정하고 싶다.

'창랑의 물이 맑으면 내 갓끈을 씻고 창랑의 물이 흐리면 내 발을 씻으리' 기원전 3세기 중국 초나라 시인 굴원의 시이니 시류를 초월한 옛 선비들의 모습에서 참 행복을 배운다.

행복지수 가장 높은 나라는 경제 대국이 아니다. 범죄가 없는 나라 부탄 왕국. 소박하나마 서로 돕고 착하게만 살면 된다고 생각하는 부탄 국민들의 그늘 없는 얼굴이 지구상에서 가장 행복한 국가임을 증명한다.

나는 가끔 삶이 힘들거나 괴로울 때면 세상 떠난 지인들을 떠올린다. 아무리 괴로워도 이렇게 멀쩡한 육신으로 소중한 가족 친지 어울려 햇빛 달빛 쳐다보며 삶을 누릴진대… 하고 위안한다. 그리고 북한에서 태어나지 않았음에 무한 안도하며 행복감에 젖어본다.

우리 모두는 행복할 수 있는 천부의 권리를 타고 태어났다. 누구나가 누릴 수 있는 행복, 그것은 상대적인 것이 아니다. 절대적인 마음가짐이다. 행복은 소유가 아니라 각자의 과업이다. 가짐이 아니라 느낌이다. (2013)

나는 셋째

'나는 셋째'. 하버드에 재학 중인 어느 한국 유학생의 책상 앞에 써 붙여진 글귀였다. 책상 앞에 써 붙여진 것으로 봐서 평소에 마음속 깊이 간직고자 하는 다짐이었거나, 신경 써서 실천코자 하는 행동 강령이었을 것이다. 말하자면 일종의 좌우명이었으리라.

나는 셋째? 무슨 의미일까? 내가 셋째라면 첫째와 둘째는 누구이며 나는 왜 셋째일까? 이를 궁금하게 여긴 지인이 어느 날 그 의미를 물어보았다. 멋쩍은 표정으로 일러준 그의 대답은 고국을 떠나올 때 부모님께서 일러 주신 당부 사항이라고 하였다.

"네가 어떤 일을 감당하여 좋은 성과를 거두었을 때 첫째는 하느님께 감사하고 둘째는 주위 사람들에게 감사하며 셋째로 자신의 역량에 감사해야 한다." 유학길을 떠나는 아들에게 당부한 부모님의 말씀이었다.

이 예화에 대개의 사람들의 경우를 대입시켜보았다. 자기가 거둔 성과에 대하여 대개의 사람들은 '첫째 자기가 잘한 데다가 둘째 주위 사람들의 도움도 따랐고 셋째로 하늘의 도움(운)도 따라주었다.'라고 믿는 것이 일반적인 견해다. 짐작건대 자녀의 유학길에서 '나는 셋째'를 일러준 사람은 필시 하느님을 섬기는 신앙인이리라고 생각한다.

아주 오래전에 겪었던 사례 한 토막이 떠오른다. 이웃에 나란히 초등학교에 입학한 집안 동생 둘이 있었다. 학교 공부를 마치고 나란히 귀가하는 두 동생을 향한 어른들의 질문이 있었다. "너희 반에서 누가 제일 공부 잘하느냐?"였다. 이에 한 아이는 서슴없이 '나'라고 대답하였고 또 한 아이는 빙그레 웃기만 하였다. 오늘 무엇을 배웠느냐는 물음에도 자기가 제일 잘한다는 동생은 무엇 무엇을 공부했노라고 자랑을 하는 반면 그렇지 않은 동생은 그저 웃기만 하였다.

두 사람의 태도가 대조적이어서 주의 깊게 보았다.

한 학년도가 마감되어 성적표가 나왔다. 늘 웃기만 하던 동생은 우등상장을 받아왔으며 자기가 제일 잘한다던 동생은 학급에서 중위급에 속할 수준의 성적표를 받아왔다. 그날 이후로 나의 뇌리에 '누구든 자기가 제일이라고 떠드는 사람의 말은 필히 거짓말'이라는 관념이 고착화되었으며 지금도 그 관념에 변함이 없다. 내가 제일 잘한다고 떠드는 사람은 대개 중간 정도의 수준이라고 생각한다.

누가 제일인가? 누가 지존인가? 지존의 길은 어떤 것인가? 우리는 어떤 마음, 어떤 자세, 어떤 모습으로 살아야 할까?

우리는 누구나 추억 속의 가을 운동회를 기억한다. 운동회 프로그램 중에서 가장 화려한 종목이 텀블링이었다. 텀블링에서는 개인의 기량도 보이고 단체의 조화도 보인다. 단체경연 중에서 가장 인기 있는 종목이 피라미드와 탑 쌓기이다. 다섯 사람이 맨 밑에 두 손 땅에 짚고 나란히 무릎 꿇어 엎드리면 그 위에 네 사람이, 다시 그 위에 세 사람, 다시 두 사람, 그리고 맨 위에 한 사람이 꿇어 엎드리고 지휘자의 신호에 따라 고개를 좌, 우, 상, 하로 움직인 다음 일제히 팔, 다리를 쭉 펴고 동시에 엎드리면 높이 솟았던 피라미드가 납작하니 무너져내리는 기술이다. 탑 쌓기 역시 맨 아래층엔 여러 사람이 어깨를 맞대어 엎드리거나 둘러서면 그 윗층에 또 몇 사람씩 올라서 어깨를 맞대 서는 순서로 몇 층의 사람 탑을 쌓는다.

피라미드와 탑 쌓기의 묘기를 보면서 찬사를 보내던 추억 속의 장면이 떠오른다. 이렇듯 피라미드와 탑 쌓기를 보는 사람들은 대개 제일 윗층에 올라 묘기를 부리는 사람을 향하여 박수를 보낸다. 맨 윗층의 사람만이 보이는 것이다. 물론 가장 윗층에 오른 이의 재주가 훌륭하다. 그러나 그 사람이 재주를 뽐낼 수 있도록 밑에서 끙끙거리는 이의 힘이 없다면 그 묘기가 가능할까? 눈에 보이지 않는 이의 끙끙거림은 왜 안 보이는 것일까? 맨 밑에 있는 사람이 힘은 더 드는데.

내가 거둔 성과는 나의 노력이 주를 이루고 이웃이나 주위 사람들의 도움과 하늘의 운때가 맞아서 이루어졌다는 일반적 순서를 바꾸어 첫째는 하느님의 은총이요, 둘째는 주위 사람들의 도움이며 셋째로 나의 능력과 노력이 꽃을 피웠다고 생각하는 정신이 참 신앙인의 자세라고 생각한다.

　신앙은 액세서리가 아니다. 그것을 달면 빛나고 안 달아
도 그저 그런 액세서리가 아니다. 하늘을 위하여는 목숨을
거는, 성공의 첫걸음은 하늘에 있다는 굳은 믿음이다. 나의
마음, 나의 자세, 나의 움직임 모두가 하늘을 향한 기도의
모습으로 이루어져야 한다. 고개 들면 하늘을 향한 기원이
요, 고개를 숙이면 나를 성찰하는 참회의 기도이다. 내 잘났
다고 고개를 치켜듦이 아니요, 나를 숨기려고 고개를 숙임
이 아니다.

　'나는 셋째'의 철학을 실천하는 이가 참 신앙인이라고 하
지만 굳이 신앙인에게 국한되는 철학일까. 아니다. 이는 세
상 살아가는 모든 사람, 어울려 살아가는 우리 모두의 마음
가짐이어야 한다고 생각해본다. (2020)

슬프게 하는 것들

몇 달 전부터 지나다니며 눈여겨본 Y 초등학교. 너무 조용하다. 조용하다 못해 적막하다. 휴일도 아닌데, 학생들이 한창 공부하는 시간대인데, 학생이 없는 것일까? 학생이 없으면 직원들이라도 있을 텐데? 사람이라곤 눈에 띄지 않는다. 차도 한 대 얼씬 않는다.

물론 이 학교의 건물이 운동장 위의 높다란 언덕에 자리하고 있어 여러 층계의 계단을 따라 통행하며 건물 안에 들어앉아 있으면 밖에서는 사람이 보이지 않는다. 직원들의 주차장도 건물 뒤에 위치하여 밖에서는 차도 보이지 않는다. 그렇다손 치더라도 학교를 통행하는 민원인도 있을 것

이고, 건물이나 시설을 관리하는 인력의 움직임도 보이련
만. 운동장에서 체육 하는 학생들도 있으련만. 요즈음은 체
육수업도 실내에서 다 이루어지는 탓일까?

아무튼 학교에서 사람 구경을 못 하다니. 몇 달 전부터 눈
여겨보았지만 한 번도 내 눈에 얼씬거리는 사람을 본 적 없
음이 왜일까? 물론 정답이 전제된 우문우답이다. 학생 수가
너무나 적기 때문일 것이다. 학생들이 건물 어디메쯤 꽁꽁
숨어버린 것으로 착각할 만큼 너무나 적기 때문일 것이다.

예로부터 전해지는 세 가지 축복의 소리가 있다. 아기 울
음소리, 설거지하는 소리, 빨랫돌 소리가 그것이다. 이 세
가지 소리는 사람으로서의 삶의 모습을 함축하여 대변하는
것이기에 청각적으로는 소음이지만 축복의 소리로 여겨진
다. 아기의 울음소리는 천지가 조화된 생명의 소리다. 생명
체로서의 존엄한 곧 존재의 의미다. 덜거덕거리는 설거지
소리는 생명체로서의 존엄한 에너지가 창출되는 곧 약동하
는 삶의 신호음이다. 고요한 밤에 들려오는 빨랫돌 소리는
가족의 화목과 인간으로서의 가치가 세상을 정립하고 드디
어는 하늘로 승화되는 천상의 음악이다.

옛날의 학교 모습을 그려 본다. 학교 앞을 지날 때면 학생

들의 웃음소리가 교실 밖으로 새어 나왔다. 창문 밖을 내다보며 별난 표정으로 수선을 떨던 학생들을 볼 수 있었고 운동장에서 체육 하는 광경도 쉬 볼 수 있었다. 그 공간이 바로 심신의 성장을 도모하는 지성과 창조의 산실이었고 삶의 희열과 미래의 희망을 엿볼 수 있는 배움의 전당이었다. 지금 저렇듯 적막한 Y 초등학교 정도의 규모라면 예전에는 적어도 천 명은 북적거렸을 것이다.

이 축복의 땅을 창조할, 축복을 이어갈 사람이 자꾸만 줄어들고 있다. '딸 아들 구별 말고 둘만 낳아 잘 기르자'던 구호가 귀에 쟁쟁한데 어느덧 우리는 지구상에서 가장 낮은 출산율의 국가가 되었다. 골목마다 아이들이 넘쳐나던 시절이 엊그제 같은데, 새벽종이 울렸네, 새 아침이 밝았네, 이웃 학교의 확성기 소리에 손에 손잡고 새날을 열어가던 시절이 그립다. 사람 소리 들리지 않는 학교가, 그 좋은 건물과 시설이 귀신들의 은신처로 되어가는 현실이 슬프다.

지방 선거를 눈앞에 둔 어느 날. 친지들과 어울려 우연히 모 후보자의 사무실을 방문한 적이 있었다. 때마침 후보자가 부재중이어서 사무장이라는 위인과 차 한 잔 나누며 이런저런 관심사를 나누게 되었다. 입후보자가 아직 젊은 나이어서 출마하기 이전에 무슨 일 하던 인물이냐고 물어보았다. 그런데 사무장의 대답이 너무도 이례적이어서 오랫동안 잊혀지질 않는다.

"그분은 투사입니다." 아주 태연하게, 그리고 자랑스러운 표정으로 들려준 사무장의 대답이었다. 정치권에 등장하기 전 후보자의 직업을 묻는 나의 질문에 '그분은 투사'라니? '투사'라는 직업이 있었나? 공직자, 회사원, 자영업, 농·어업, 의약계통 종사, 율사, 예술인 등등 보편적 직업의 범주를 벗어나 투사라는 직업에 종사하다니….

그래서 '투사라니요? 무엇을 상대로 싸운 투사지요?' 하고 되물었더니 그는 다시금 야릇한 미소를 지으며 그분은 학창 시절부터 투사로 전념해 온 애국자라는 설명을 곁들였다. 마치 '당신은 투사도 모릅니까?' 라는 암시가 그의 미소 뒤에 숨은 것 같았다.

'어떤 주의나 이론 투쟁에 나서 싸우는 사람' '전투적인 투지에 불타는 사람' '전장이나 경기장에서 싸우려고 나선 사람' 투사의 사전적 의미다. 의미상으로 주어지는 투사는 있지만 그 투사가 직업으로 분류된다는 것이 나의 상식으론 이해되지 않았다.

신봉하는 종교를 지키기 위해, 국가의 보존을 위해 목숨 걸고 싸우던 세계사적 투사들을 생각해 보았다. 일제시대의 독립운동가를 그려 보기도 하고 '쿼바디스, 도미네'를 외치던 영화 장면을 떠올려도 보면서 씁쓸한 마음은 지을 수 없었다.

학생 시절부터 투사라니 무엇을 위해, 누구를 위해 일정한 직업에 종사함이 없이 오로지 투사의 역할을 했더란 말인가? 공부도 많이 한 멀쩡한 젊은이가? 자유민주주의 국가인 우리나라의 정치 일선에서 나름대로의 주의나 정견이 있을 수 있으며 이의 실현을 위한 노력이 당연지사이지만 처음부터 싸움을 목적으로 직업화한다면 그것이 옳은 의식일까?

혼돈이 연속되었다. 투사를 직업이라 여기는 사람들과 같은 하늘 밑에서 살고 있다는 현실이 슬프다. (2018)

효

어느 단체로부터 학생들을 대상으로 한 효 실천 순회강의를 의뢰받고 한참을 망설였다. 비록 초등학생들을 대상으로 하는 강의지만 효성이 미미한 자로서 남들 앞에 척하니 서서 효를 운운한다는 것이 얼마나 난센스인가.

그래도 한 가지 구미가 당기는 것은 고향 방문의 기회였다. 내게 배당된 지역이 의성군이었고 지정학교도 나의 모교인 E 초등학교와 그 이웃의 N 초등학교로 지정되었기 때문이었다. 우연한 기회지만 고향에 들를 수 있다는 기회가 나를 유혹하였다. 몇 날의 망설임 끝에 승낙을 하였다. 유혹이 체면을 제압한 셈이다. 효 교육을 핑계 삼아 고향길에서 만나게 될 얼굴들을 그려보았다.

우리들 생명체는 어떤 의미를 지니는가? 나는 누구인가? 우리는 누구나 천부의 인권을 타고 태어난 생명체이다. 세상에 떠도는 노랫말처럼 '사랑받기 위해 태어난 사람'이다. 그렇지만 홀로 불쑥 출현된 것이 아니다. 반드시 어떤 관계를 지니고 태어났다. 누구의 자식, 누구의 형제, 어느 가문의 후예, 어느 고장 출신, 어느 나라 국민 등 필히 관계를 지니게 되어있다. 곧 우리들 생명체는 천부로부터 부여받은 사랑받을 권리와 인간으로서의 관계를 유지하기 위하여 사랑해야 할 의무를 동시에 지니고 태어난 셈이다.

사랑은 절대적 사랑과 상대적 사랑으로 구분할 수 있다. 베푼 만큼 사랑받게 되는 것이 상대적 사랑이요, 조건 없이 무한히 주어지는 것이 절대적 사랑이다. 인류를 사랑하는 하느님, 중생을 사랑하는 부처님, 자식을 사랑하는 부모의 사랑 등이 절대적 사랑이다. 절대적 사랑을 제외한 모든 사랑은 내가 행한 만큼의 조건이 부여되는 상대적 사랑이다.

효는 무엇인가? 내게 생명을 주신 그리고 무한한 사랑을 주신 부모의 마음을 알고 그 은혜에 보답함이다. 이렇게 말은 쉽지만 행하기는 어렵다. 내가 부모 되기 전에는 부모의 마음을 확실하게 알 수 없었다. 부모가 세상을 떠나 존재하지 않을 때 비로소 그 지극한 은혜를 깨닫게 된다는 옛 성현의 지적도 있다. 그러므로 부모의 생전에 그를 따르고 그 마음을 기쁨에 사무치도록 노력하는 이는 필시 효자라고 할 수 있다.

대통령에 당선된 비결을 이렇게 답변한 사람이 있었다. "특별한 비결은 없습니다. 다만 어릴 때부터 어머니의 칭찬 듣는 재미로 살아왔습니다. 성장하여서도 늘 어머니의 기대에 충족하도록 노력하다 보니 어느 날 대통령이 되어있더군요." 미국의 역대 대통령 중 한 분의 일화이다.

세계은행 총재로 선임된 김용 박사의 소감도 인상적이다. "이렇게 키워 주신 부모님께 감사드립니다. 어릴 적부터 기술을 배워야 한다는 것을 일깨워 주신 아버지의 덕분에 의학을 공부할 수 있었습니다. 어머니는 제게 너는 누구인가를 끊임없이 질문하였고 위대한 것에 도전하라는 주문을 수시로 하였습니다." 부모님의 교육열도 대단하였지만 그 부모의 뜻을 헤아려 실행한 자식도 훌륭하였으니 UN사무총장, IMF총재와 더불어 세계에서 가장 영향력 있는 지위에 선임되어 모국의 이름을 빛내고 효의 극치라고 할 수 있는 입신양명의 경지에 이르렀다.

우리 한국인은 참으로 우수한 민족이다. 한글, 지능, 교육열, 정신문화 등 세계적으로 그 우수성을 다양하게 인정받고 있다. 이러한 명성을 형성할 수 있게 한 원천이 무엇인가? 나는 그것이 효경의식이라고 생각한다. 우리의 효경의식은 어느 나라 국민도 흉내 낼 수 없는 에너지며 길이 계승해야 할 정신적 유산이라고 생각한다.

효의 가치는 의지와 노력에 기인한다. 자식에게 쏟는 부모의 사랑은 본능적 행위임에 비해 자식의 부모에 대한 도리는 의지의 실천이며 끊임없는 다짐과 노력을 수반한다. 그래서 효의 실행은 어렵고 어려운 만큼 가치로운 것이다.

은행나무랑 향나무만이 옛 자취를 간직하고 있는 나의 모교 E 초등학교. 명색이 효 교육 강사라는 사명을 지니고 내가 5학년 때 공부하던 그 강당에서 지금의 5학년과 마주한다. 더러는 숙덕거려도 대다수의 진지한 표정들이 마냥 대견스럽다. 그들의 눈동자 속에서 나의 추억을 찾는다. 국적, 호적은 바꾸어도 교적은 바꿀 수 없는 것. 벅찬 감회 때문일까. 어떤 말을 어떻게 했는지도 아리송하다. 나이 많은 선배의 강의를 진지하게 들어 준 후배들이 더 기특하다. 그들의 행복을 축원하고 모교의 무궁 발전을 기원한다.

모교의 교단에 섰다는 사실만으로도 벅찬 가슴을 안고 N학교로 발길을 옮긴다. 학생 감소의 폭풍이 여기라고 피해 가랴. 천여 명이 북적거리던 교정에 적막이 감돈다. 세월 속으로 밀려난 얼굴들을 그려본다. 처음 보는 도서실에서 처음 보는 학생들 앞에서 초임 교사마냥 설렘을 안고 이야기 보따리를 풀어놓는다. 마주치는 눈망울들이 더없이 맑다. 그 눈망울 속에 빠져 효행이 부족한 자신임을 잊어버리고 준비해둔 강의에 빠져든다.

우리는 무엇으로 사는가? 저토록 맑은 눈망울을 향하여 마음의 눈을 밝힌 선인들의 얘기를 들려주고 싶다. 내공이 얕은 나의 어쭙잖은 강의가 그들의 마음의 눈을 밝히는 데 다소라도 기여할 수만 있다면 얼마나 좋을까.

이 세상에는 보이는 것보다 안 보이는 것이 더 많다. 가랑비에 옷이 젖으나 그 모습을 볼 수 없고, 꽃잎이 떨어지나 그 소리를 들을 수 없다. 보이지 않는 것을 보아야 하고 들리지 않는 것을 들어야 한다.

세상에서 가장 소중한 것은 손에 잡히지도, 보이지도 들리지도 않는다. 그것은 사랑이라는 이름의 기쁨이요, 그것을 가진 이가 행복한 사람이다. 법정스님의 말씀이다. 그 사랑은 어디에서 오는가, 가슴으로 온다. 김수환 추기경님께서도 사랑이 머리에서 가슴으로 내려오는 데 칠십 년이 걸렸다고 하셨다. 효, 그를 행하는 이는 보통 사람보다 칠십 년 앞당겨 행복을 차지하는 사람이다. 그들의 미래를 축복하는, 기도하는 마음 안고 교단을 내려온다. (2012)

잠

　어릴 적 친척 집 제사에 가서 잠이 든 적이 있었다. 자다가 덜거덕거리는 소리에 잠이 깨어 살짝 눈을 떠 보니 온 가족이 모여 음복하는 중이었다. 실컷 자다가 음식을 보고 일어나는 것 같아 자는 척하며 다시 눈을 감았다. 그때 뭔가 나에 대한 이야기가 흘러나오는 것 같더니 뒤이어 온 방 안에 웃음소리가 가득하였다. 흉인지 칭찬인지 내용은 알 길 없으나 잠 때문에 제사 음식을 흥취하지 못해 안타까웠던 기억만은 선명하다.

　어머니께서 늘 말씀하셨다. '잠을 잘 다스리는 자가 성공한다'고. 중학교에 다닐 때 나는 가끔 새벽잠을 참고 일어나곤 했다. 때로는 교회의 종소리가, 때로는 포교당의 종소리가 잠을 깨웠다. 어둑어둑한 산길을 숨차게 올라 어이! 야! 하며 마을을 향하여 소리도 지르고 심호흡을 하면서 위인들의 삶을 음미해보기도 하였다. 어둠이 걷힌

산을 서서히 내려올 때는 마치 큰일이나 한 것같이 가슴
이 벅차올랐다.

약관에 직장인이 되었을 때 같이 근무하던 친구의 하숙
방에서 '잠은 나의 적'이라는 좌우명을 볼 수 있었다. 새
벽마다 나의 단잠을 깨우던 그 친구, 지금은 모 대학의 교
수로 재임하고 있는 그 친구, 요즈음도 잠을 적으로 여기
고 있을까.

잠든 모습은 감출 수도 꾸밀 수도 없다. 이루어지는 그
대로다. 친지들의 친목 여행길이면 나는 외톨이 되어 으
레 먼저 잠을 청한다. 고스톱 판에 끼일 수준이 안 되기
때문이다. 어느 날은 잠결에 터지는 웃음소리를 들었다.
잠든 사람 도마 위에 올려놓고 난도질하는 순간이었다.

아무리 적으로 여겨도 거역할 수 없는 잠. 진시황도 동
박삭이도 영원한 잠에 빠져있다. 영원한 잠 속의 나는 어
떤 모습일까. 잠들지 않은 이들의 입에서 어떻게 피어날
까. 몹쓸 사람, 모자라는 사람일까. 그런대로 괜찮은 사
람일까. 우연히 잠결에 들었던 천치 같은 사람, 법 없어도
살 사람일까. 아니면 군 시절의 대명사였던 고문관일까.

(2008)

촛불

온몸을 감싸 안은 별빛이
정겹게 느껴지는 날
이제껏 할퀴던 번뇌가
형언할 수 없는 기쁨으로 번져가는 날
주님, 그런 날 밤에는 촛불을 켭니다
당신을 우러르며 촛불을 켭니다

좁은 방에서 부대끼며 잠이 들던 날들
돌부리에 넘어지고 무릎 깨지던 기억들이
아름다운 풀꽃의 향기로 와닿고
겸허한 마음으로 침잠하는 날
주님, 그런 날 밤에는 촛불 되어 타오릅니다
당신의 그림자로 타오릅니다

다시금 가슴으로 출렁이는 이여
삶을 빛으로 채우시는 이여
사랑받기보다 사랑하게 하소서
나를 태워 이웃 밝히는 촛불이게 하소서
당신 향한 불꽃으로
천년 세월 꺼지지 않는 촛불 되어
영원히, 영원히 타오르게 하소서